話白《詩學》與辯解

Poetics:
Approximation and Argumentation

黃美序・著

卷首閒話（之一）
我怎樣譯《詩學》

諸位讀者：謝謝你打開這本小書，希望你能先看看下面的兩則閒話（之一、之二），決定要不要閱讀《詩學》譯文和我的辯解。謝謝。

首先，我想說說我的中譯原則。

亞里斯多德（Aristotle）的《詩學》（*Poetics*）一書歷來的中譯都出於大學者之手，多數引經據典的註釋比原文還長。我個人不懂希臘文，在讀這樣的英譯本和中譯本時，時常會覺得：不去看那麼豐富的註釋覺得很對不起那些學者的努力；去看又會感到有點麻煩，有時還會打斷思路。

我讀過一篇談如何為演員翻譯劇本的文章，大意是說：很多譯者用註釋去說明台詞的含義，但是對觀眾來說那是不存在的。所以該文建議將註釋濃縮在對白中。就劇場的觀點看，這是非常合情合理的辦法。所以，我想試用同樣的做法，將需要附註的說明加入文本中，[用標楷字體並用方括號標示出來]，以助讀者理解文義、或做為進一步思考的「提示」。另外關於某些亞里斯多德所說的原理或原則，在譯文對頁加以辯解（如與現代戲

劇理論的比較），為初涉戲劇理論的讀者提供一點點思辯的參考。

還有，我覺得《詩學》似乎是一篇「未定稿」或他的學生的筆記，所以行文有時候忽東忽西、上下重複，讀起來有點費神。為較易閱讀，我依我的邏輯把有些句子重新組織了一下，但自信沒有改變內容的意義。基於方便查閱各章的重點，我試給每章加上一個小標題。那是原文沒有的。特此聲明。

另外要說明的有：

1. 在英譯本中有很多處的 poet（詩人）和 poetry（詩）很明顯的是指「劇作家」和「戲劇作品」（主要指悲劇），我就直接改譯為「**劇作家**」和「**戲劇**」或「**悲劇**」。

2. 為使看起來比較省目與方便尋找，我用**標楷黑體字**標示文內某些重要的專有名詞（如**情節**、**行動**）。

3. 書中許多亞里斯多德引述的作家、作品多已經失傳，沒有失傳的也甚少中譯，如果音譯或意譯出來還不如查外文名稱容易，所以除亞里斯多德的大名外，我全部不加翻譯（**作品名稱依慣例用斜體字表示，如** *Oedipus*）。附帶說明一點：在不同

英文版本中有些人名、作品名的拼法，並不一致，我絕大部份依據 S. H. Butcher 本的拼法。

4. 我的譯文主要根據 S. H. Butcher 的英譯本 *Aristotle's Poetics*（New York: Hill and Wang, 1966）。但是，當我遇到不能理解的地方時，參考下列版本：Theodore Buckley, *The Poetic.*（London and New York: Bohn, 1914）、Ingram Bywater, *The Poetics*（N.Y.: OUP, 1942）、陳中梅譯註，《詩學》（台北：台灣商務印書館，2001）、王士儀，《亞里斯多德「創作學」譯疏》（台北：聯經，2003）。如果還是不解時，就依我自己多年來閱讀和實際劇場經驗所拾得的「燭見」（燭光之見），斗膽杜撰自己的譯法。因此不對之處一定不少，敬請賢明人士指教。

另外，我在後面加了一個「附錄」，包括 1. *Oedipus*、*Iliad* 和 *Odyssey* 三個在《詩學》中時常提到的作品的情節簡介。2.我以前發表過的談模仿和創作、以及悲劇中的補償問題的修訂稿。有興趣比較不同觀點的讀者們，請共同思考。

我叫我的翻譯為「話白」是因為想譯得「像說話一樣白」——其實與「白話」沒有什麼大差別，杜撰一下也是好玩吧。

卷首閒話（之二）

解辯「辯解」

　　我所謂的「辯解」有幾層含義：1.我對前人翻譯的一些名詞的思辨；2.我與亞里斯多德的一些對話、一些概念上的解說和補充，希望能引發有興趣的讀者加入討論，並發掘更多的話題。

一. 書名辯

　　我曾經聽一位博學的前輩說：在古代希臘，文學作品都是用詩體書寫的，並且希臘文中沒有「文學」一詞。所以也可以說：「詩」是古希臘人對「文學」的名稱吧。如果這個說法可以成立，我們現在不妨稱 *Poetics* 一書為「文學論」。但是因為這本著作一向被譯為《詩學》，好像只有王士儀教授將它譯作《創作學》。從書的內容看，主要是在論悲劇，部份談到喜劇和史詩。因此《創作學》似乎比《詩學》符合原義。不過《詩學》已經「大眾化」，所以我從眾採用《詩學》。

二. 幾個重要名詞的辯解

　　在《詩學》中有幾個時常出現的名詞和相關概念，

歷來未見統一的譯法，下面約略說明我在這個譯本中採用某種翻譯或「自創新詞」的原則。

1. **模創**（*mimesis* 或 imitation）

一般將希臘文 *mimesis* 或英文 imitation 譯做「摹仿」或「模仿」。「模仿」的一般理解應該是「依樣畫葫蘆」，那就沒有「創作」的意涵了。**我認為成功的戲劇和劇場的「成品」都兼含模仿和創造雙重因素**，所以簡稱為「**模創**」。（詳見〈附錄〉中拙著〈試析藝術的形、神〉）

2. **行動**（action）

有人譯為「動作」、有人譯為「行動」。根據我的了解，英文中的 action 可以用指：a.一個作品中全部事件的演變過程（有點近似「情節」）；b.心理變化的過程──二者都是「行動」；c.肢體動作──如走路、打架、吃飯、寫信、手勢等「小動作」（business）和「區位移動」（movement）等等。何者是「行動」、何者是「動作」，應依情況而定。

在指整體性戲劇變化時我採用「行動」，意為「**行為+動機**」（action＋motivation）──「**行為**」是生理和心理變化過程的呈現、「**動機**」是產生行動的原因、力量、意圖等等，然後構成「**事件**」。在英譯本中表示「事件」的字有：a.events──通常指重要和重大事件；b. incidents──是構成一個完整行動中的小事件；c. episodes──常指一個「本身有頭有尾的事件」，但是不一定與作品的主要行動有組織上的有機關係。

《詩學》中大部份地方用 incidents，除了少數必須區別的情形外，我一律譯為「事件」。

3. 宏觀？長度？（magnitude）

亞里斯多德在 *Poetics* 第七章說：悲劇要有「a certain magnitude」，不少人將 magnitude 譯作「長度」。同一章又說：一個悲劇必須有一適當的「magnitude」，因為太小的東西不可能有 magnitude，而大得我們不能一下子看到全貌的也不會有 magnitude。這樣看來，magnitude 既是長度、又是大小。

將 magnitude 譯作「長度」似乎很有問題。在英文中，這個字最常見的解釋為 greatness，主要指精神上或感覺的「偉大」，而不是物理性的大小長短。並且，戲劇的長度標準是什？三部曲的總長度？單一劇本的長度？兩者相差太遠了。另依現存希臘悲劇來看，雖然大多數都在 1000～1100 行之間，也有些戲多達 1700 行以上。那個才合於於「一定長度」的標準呢？

我認為亞里斯多德說的「太大或太小都不美」很「不近人情」。照他的說法一顆珍珠、鑽石不是不如一個籃球、一塊磚頭美了？我們不是因此就不能欣賞山川、河流、日出、雲海等自然界的偉大美景了？大家知道：人的記憶是很奇特的。我們可以將不能「一目了然」、或者不能「在同一時間看到全部」的個別或局部資料，先在腦海（大記憶庫）中「儲存」起來，然後「接合成一

個完整的意象」。例如著名的〈清明上河圖〉、張大千的〈長江萬里圖〉等，都應該不是藝術家——甚至觀賞者——能夠一覽無遺、一目了然的景色。如果亞里斯多德的這個觀點可以成立，我們不是就不能創作和欣賞這樣的藝術品了。即使就戲劇來說，閱讀作品或觀賞演出，也必須從頭看起，然後看中間、看結尾，怎麼能夠同時一覽無遺呢？我想不是亞里斯多德的腦袋一時「銹短」，就是我的腦袋太簡單了。請讀者諸君自己去決定如何解讀罷。

亞里斯多德在第八章中說：一個「完整」的作品在建構上必須做到如下的要求：「如果其中的任何一部份錯置或刪除，整體性就會被破壞。如果一個事物的出現或消失並不會形成明顯的差別，就不是整體結構中的有機部份。」另外在第二十六章比較史詩與悲劇時說：如果一個悲劇寫得與一般史詩那樣長，會變得平淡無力。如果一個詩人用寫悲劇般的單一行動來寫史詩，一定會顯得被切短了。（這話的前題應該是「兩個作品的內容相同」。）

如此看來，作品的完整，並不在多長、多短、多大、多小，而在內容的表達是否**「恰到好處」**。所以，我將 magnitude（greatness）暫時試譯為「宏觀」，待將來想到更好譯法時再加修改。

4. **恐懼**（fear）、**憐憫**（pity）、**淨化**（catharsis）

《詩學》在第六章中說：悲劇的功能是：「經由行動引發**憐憫**與**恐懼**，然後完成這些情緒的**淨化**。」曾有許多學者說：「憐憫」是觀眾對英雄蒙受苦難的反應；「恐懼」是觀眾對「我們也可能會碰到同樣的苦難」這個「事實」的反應。哈桑（Richmond Hathorn）則說：悲劇的恐懼是人類「對宇宙正義模式的盲目無知」所感到的恐懼（詳見 *Tragedy, Myth, and Mystery* 30, 86-7）。都是值得參考的看法。引起最多爭議的是「**淨化**」（catharsis）。很多中、西學者都曾為它做過非常「學術性」的解說。其實，「淨化」應該就是犯罪者追求「贖罪」的心理行為或行動 [為錯誤行為補過、贖罪，以求心靈上的平靜、安寧]，應該不只是希臘悲劇的專屬特色，很多勸世的文學和戲劇作品中都有。（參閱〈附錄〉中的〈中西悲劇探幽：淨化？補償？〉）

5. **品格** （character）

亞里斯多德說：悲劇人物必須有良好的品德和顯赫的身世和社會地位。喜劇人物則低於常人。所以，做為悲劇的六大要素之一來說，我將 character 譯作「品格」。有人譯為「人物」，似乎欠妥。不過在現代戲劇中，不分悲劇、喜劇、或其他劇種，都用「人物」（a character 或 characters）一詞指劇中的「行動者」，不一定要有某種道德上的要求。

　　以上是我重譯《詩學》的一些基本原則。這樣做只是想記錄我跟亞里斯多德這位「洋老夫子」對話的點滴，希望與戲劇藝術愛好者分享，大家一起來聊聊天，抬抬槓。

　　要是你有耐性看完我的斗膽嚐試，非常感謝──

　　假使你覺得尚能引發你的一些思考，請與大家分享；假使你認為它是離經叛道的胡言亂語、在浪費你的寶貴時間，敬懇原諒。

                                        2009 春於台北

人生如戲
戲戲戲戲

如人生　夫子
如是是聽亞說　老德德
上是聽里斯戲　洋多德
下聽斯戲
來
請

人
台
台

All the World's a Stage

圖 1 亞里斯多德像

（Aristotle 384-322B.C.）

圖 2 荷馬像
（Homer 9th centuryB.C.）
——古希臘最著名史詩作者

圖 3 艾斯克拉斯像
（Aeschylus, 525-456B.C.）
——古希臘三大悲劇家之一

圖 4　莎佛克里斯像

（Sophocles 496-406 B.C.）

——古希臘三大悲劇家之一

圖 5　優里庇底斯像

（Euripides 484-406/7 B.C.）

——古希臘三大悲劇家之一

圖 6 亞里斯多芬尼斯
（Aristophanes c.448-
c.380B.C.）
——是唯一有作品傳世
的古希臘喜劇家

圖 7 （右上）希臘古代劇場建
築結構圖

圖 8 （右下）古希臘劇場遺蹟
（下為放大之石雕 pinakes）

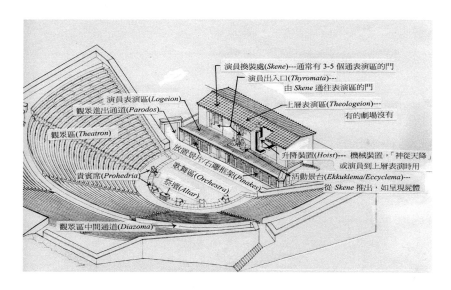

演員換裝處(Skene)---通常有 3-5 個通表演區的門
演員出入口(Thyromata)---
　　由 Skene 通往表演區的門
演員表演區(Logeion)
觀眾進出通道(Parodos)
上層表演區(Theologeion)---
　　有的劇場沒有
觀眾區(Theatron)
放置景片/石雕框架(Pinakes)
升降裝置(Hoist)--- 機械裝置,「神從天降」
　　或演員到上層表演時用
貴賓席(Prohedria)
歌舞區(Orchestra)
祭壇(Altar)
活動景台(Ekkuklema/Eccyclema)---
　　從 Skene 推出,如呈現屍體
觀眾區中間通道(Diazoma)

Pinakes 放大圖

圖 9 西方劇場形式發展概況
（灰色部份為表演區）

古希臘劇場
（中央歌舞區為圓形，
表演區較淺）

古羅馬劇場
（中央半圓形，
表演區加大）

伊利莎白時期劇場
（表演區略為突出，
前方觀眾拉遠）

復辟時期劇場
（表演區後退，
中間前突，
前方觀眾拉遠）

文藝復興劇場
（表演區前面平直
前方觀眾拉近）

現代鏡框劇場
（舞台加寬，觀眾
席接近表演區）

現代伸展劇場
（近似伊利莎白劇場，
但觀眾接近表演區）

現代圓形劇場
（四邊有觀眾，
表演區不一定為方的）

目　錄

插圖目錄

話白《詩學》
譯文與辯解

第一章
什麼是模創

　　讓我們來談談詩的本質、類型、魔力、建構、以及如何恰到好處地形成一個優秀作品的藝術——包括各部份的量和質；並同樣地處理其他相關的問題。下文先從原則開始。

　　史詩和**悲劇**，**喜劇**和**酒神頌**，大部分橫笛和七絃琴的音樂等，一般來說都是不同類別的**模創❶**。不過，它們在三方面有所區別——媒介、對象、與呈現形式。

　　有人刻意或習慣地用顏色、形體、或聲音來模創和呈現各種對象。在上述各種藝術中，總體而言，模創可以是經由單一的節奏、語言、或音調的呈現，或者是綜合不同元素的呈現。

　　例如在橫笛和七絃琴的音樂中，只有節奏和音調。在其他藝術中，牧笛基本上和此類似；舞蹈雖然用節奏性的舞步來模創人物、感情、和行動，但是只有節奏、沒有音調。

　　另外有一種藝術只用語言，就是用詩或散文來表達（使用單一格律或混合格律的詩尚無專用名稱）。對於 Sophron 的默劇、Xenarchus 和 Socratic 的對話❷，輓詩體、或者類似詩律的作品，我們沒有共同的名稱。有人用詩律名稱加上「詩人」一詞，稱他們為「輓詩詩人」、「史詩詩人」，好像不是創作的藝術使他們成為作家，而是作品的種類賦予他們這些頭銜。甚至當一

❶模創——希臘文是 *mimesis*，英文是 imitation——一般譯做或「模仿」或「摹仿」。我用「模創」的理由是：我認為單純的模仿只是「依樣畫葫蘆」，不是藝術。亞里斯多德在這裡說的是詩的創作，應該同時具有模仿和創作的雙重因素。(關於「模創」的思辨，詳見「附錄」中〈試析藝術的形、神---模仿？創作？〉一文。)

❷《詩學》中提到許多人名和作品名稱，有的可考、有的已經無法考據。好在它們多無關文義的了解，有的譯者將這些人名和作品名稱音譯為中文，那並不會增加了解。所以我全部保留原文。

圖 10　古代狩獵圖

篇論醫藥和科學的論文用詩體寫作時，習慣上也稱他們為詩人。Homer 和 Empedocles 除了格律外其他完全不同，因此稱他們一個叫詩人，一個叫物理學家才對。同理，假如一個作家使用所有詩的格律來模創（如 Chaeremon 混合所有詩律創作 Centaur—[《馬人》，失傳，可能是悲劇或朗誦詩]），就應該將他歸入「詩人」的行列。關於區別的討論到此為止。

有些藝術使用上述的各種方法——如節奏、音調、詩律。酒神頌和阿波羅神曲綜合使用所有方法；悲劇和喜劇有時只採用這一種、有時只採用另一種方法。

上述種種就是從模創媒介來看藝術的不同。

圖 11　馬人
（Centaur）——
希臘神話中的半
人半馬族，在
Homer 史詩 Iliad
和 Odyssey 中均
有描寫

第二章
模創的對象

　　由於**模創**的對象是**行動❶**中的人們，同時這些人必須高人一等或低於常人（善和不善的區分是以人的道德品格為主要標準）；我們必須呈現比真實生活中更善良、更低卑、或一樣的人❷。在繪畫中也是如此。Polygnotus 將人畫得比真實的高貴，Pauson 筆下的人不如真實，Dionysius 畫的是一如現實中的人們。

　　很明顯的，上述的各種**模創**方法或方式各具特色，所以，由於對象的不同會產生不同的創作。這種差異即使在舞蹈、琴笛演奏中也可見到。沒有音樂相伴的語言（不論是詩或散文）也一樣。舉例來說，Homer 模創的人優於常人；Cleophon 筆下的人一如真實生活中人；發明諷刺文類的 Thasian 人 Hegemon 和 *Deiliad* 的作者 Nicochares 所寫的人物，則不如常人。在酒神頌和日神頌中也是如此；作家可以呈現不同的類型，例如 Timotheus 和 Philoxenus 筆下的「獨眼巨人」就不一樣。悲劇和喜劇也是如此——**喜劇**的目的在呈現不如常人的人物，**悲劇**人物則勝於常人❸。

❶ 行動的英文是 action，可以指連串事件的演變，或者像走路、拿東西等肢體活動。我譯為「**行動**」，意為「**行為＋動機**」（motivation），包括肢體和精神的活動、產生活動的原因、力量、意圖等等。（詳見「卷首閒話──之二」中的解釋。）

❷ 好像是廢話──世界上還有別樣的人類嗎？

❸ 就教育的觀點來說，悲劇、喜劇殊途同歸，都有「載道」的功能，它們的不同是：悲劇用嚴肅的、正面的態度去勸世、警世；喜劇以譏諷的方法去框世。並且後者的功效常會比前者更好，尤其在教育與宗教普及的現／當代，許多正面的道德教訓、做人原則都已經被說爛了，大家都聽厭了。所以我們應該多多發揚喜劇。我想附帶說：亞里斯多德和許多歷代理論家都特別讚揚悲劇，貶低喜劇。但是就戲劇藝術說，喜劇的寫作與表演都遠比悲劇困難。個中原因相當複雜，有興趣進一步探討的讀者可參閱相關論述，或拙作《戲劇欣賞：讀戲、看戲、談戲》（台北：三民書局）、《戲劇的味／道》（台北：五南書局；濟南：山東書報出版社）中專論喜劇藝術章節。）

圖 12 悲劇人物造型：
　　　服裝與高底
　　　鞋幫助呈現
　　　壯嚴的形相

圖 13 喜劇人物造型：
　　　服裝與誇大的
　　　面具都有點丑
　　　化的特徵

第三章
模創的形式

　　還有第三個區別——**模創**的「呈現形式」。因為雖然媒介一樣，對象一樣，詩人可以用「敘述形式」來模創，例如像 Homer 的**史詩**那樣，或者用第一人稱的自述、將人物的生活和動作「呈現」在我們眼前❶。

　　像我們在開始時說過，這就是藝術**模創**中的三個領域——**媒介、對象、和形式**。因此，從某個觀點來看，Sophocles 和 Homer 是一樣的——因為他們兩人所模創的都是高人一等的偉大人物；從另一觀點來看，Sophocles 和 Aristophanes 都是**劇作家**，都在**呈現人物**的言行舉止。所以有人說「戲劇」是**呈現行動**的作品。由於同樣的理由，Doris 人認為他們是**悲劇和喜劇**的發明者。希臘人說喜劇產生於他們的民主，Sicily 人說那是他們的發明，因為他們的詩人 Epicharmus 遠比 Chionides 和 Magnes 早。有些在 Peloponnesus 的 Doris 人認為悲劇也是他們發明的。他們都以語言為證。Doris 人說他們稱「鄉村」為 *komei*，而雅典人稱為 *demoi*。因為他們當時被拒於城市之外，遊蕩於鄉村之間。所以**喜劇演員**（*komodias*）一詞應該來自 *komei*（鄉村），並非源於 *komazein*（狂歡）。同時，在他們 Doris 語中的動詞 *poiein*（to make）叫做 *dran*，雅典人稱為 *prattein*。❷

　　以上應該足以說明各種**模創**方式的類型和本質了。

❶ 用現代的批評術語說，歷史、小說、傳記等是用「敘述」（narration 或 telling），戲劇則用「呈現」（showing）。前者是以第三人稱說「過去式」的故事，稱為「敘述體」；後者為人物用第一人稱以「現在式」替自己說話，也就是用「對白」來呈現。戲曲中稱為「代言體」。

❷ 關於悲劇和喜劇的出現，一般認為悲劇早於喜劇。但學者們的意見尚未見統一。《詩學》(第五章)中只是說「沒有人注意喜劇的歷史」，並沒有進一步去探索原由。我贊同「喜劇的產生比悲劇早」的看法，因為喜劇在結構上和內容上都比較接近人們的日常生活，或者說開始時只是鄉村中農、牧和家庭生活中某些活動的「模仿」(如狩獵、耕種、男女性愛等)，做為空閒時的「消遣」。被上層社會認為是「不登大雅之堂」的低俗「遊戲」，只宜在鄉間演出，所以沒有得到史家的重視，不見於「史冊」。

圖 14 「獵鹿」岩畫——
　　　原始人的岩壁畫

圖 15 （上）：人扮演鹿

圖 16 （下）：青海儺
　　戲：右後方立者拿
　　著一張犂，中間的
　　兩人扮演牛，左立
　　者牽著牛。明顯的
　　是日常生活的模
　　仿

第四章
詩的源起和發展

　　廣義的詩似乎來自兩個人性的源泉。首先，模仿的本能從孩提起就根植於人心。人與其他動物的不同之一是：人是所有生物中最會模仿的，人們最初的知識均由模仿而獲得；並普遍地由模仿的成果中得到快樂。我們實際的經驗可以為證：例如我們親身目睹某些真實事物（如最低等動物的形狀和死屍）時，會感到痛苦；但是一旦經藝術家維妙維肖地「重現」出來時[如繪畫、雕塑]，我們會樂於去審視（contemplate）。我們欣賞「重現得很像的東西」是因為在審視時發現自己在學習或推想。我們可能會讚美一幅畫得很像的肖像，並且很高興地說：「啊，這是他。」假如你沒有見過「本尊」（original）[因而無從比較]，則喜悅不是源於模創的東西[如上述的肖像]，而是對藝術家的技巧和顏色等等的欣賞。雖然一般人的學習能力不及哲學家，但是也會從藝術得到動人的喜悅。

　　因此，**模創**是我們天生的本能之一。**協調**與**節奏**也是我們的本能——詩律明顯地屬於節奏的部份。所以，人們由這些天賦開始逐步發展出特別的才能，直到他們由粗糙的即興、進而產生完美的作品。

　　依據作家的個性，作品可能向兩個方向發展。比較嚴肅的作家會模創高貴的**行動**，就是高貴善人的行動。比較平凡的作家模創較低卑人們的**行動**。前者用詩歌讚美神和名人；後者愛寫諷刺的文體。現存的這

圖 17　Heracles　殺蛇怪圖：神話中的蛇怪
　　　　Lernean Hydra 有九個頭，每砍掉一個會
　　　　再長出兩個。在真實情況下看起來一定
　　　　很可怕，但是畫出來好像還蠻可愛的樣
　　　　子。上圖是 Heracles 正在殺蛇怪，另一
　　　　人是他的姪子，用火炬將砍下的蛇頭立
　　　　刻燒死，就不會長回去了。

附註：不過，我不太明白亞里斯多德說的我們「在
　　　審視時發現自己在學習或推想。」我認為
　　　那是因為：經過藝術家處理過的「景象」
　　　創造了一種「美感距離」（ aesthetic
　　　distance)，欣賞者也會製造另一種「美感
　　　距離」，共同減低了源本恐怖的景象，自然
　　　會「美」起來了。

類作品沒有早於 Homer 的，雖然在他之前已經有人寫過。從 Homer 開始頗不乏人——如他自己的 *Margites* 與其他類似作品。適當的詩律或韻律（meter）應運而生；所以這種韻律仍稱為**抑揚格❶**或嘲諷體，因為在這些作品中人們互相嘲弄。較早的那些作家可以區分為「英雄詩人」和「嘲諷詩人」。

在嚴肅的文體中，Homer 是其中的佼佼者，因為只有他以卓越的**模創**結合了戲劇的形式，是第一個將滑稽可笑的事物戲劇化、而不是對個人的嘲諷，首先為喜劇奠基。他的 *Margites* 跟**喜劇**的關係正如他的 *Iliad* 和 *Odyssey*❷和**悲劇**的關係。但是當悲劇和喜劇展露曙光時，這兩種作家仍遵從他們的本性[去「改行」]：諷刺詩人成為**喜劇**作家，**史詩**作者成為**悲劇**作家，因為**戲劇**是一種比較巨大和高尚的藝術形式。

悲劇是否已完美無缺？我們是否要依**悲劇**自身的條件、或是依它與觀眾的關係來評論？——這些問題產生了另一個問題。這樣說吧：**悲劇**和**喜劇**開始時都只是即興表演。一種源自酒神頌，另一種源自陽物歌，這種歌現在仍在我們的城市中流行。然後**悲劇**慢慢地演變，逐步加進新的元素，經過了很多次蛻變後，它找到了自然的形式，然後停止。

Aeschylus 首先引入第二個演員，減低了歌舞隊的重要性，將對白列為首要。Sophocles 引進第三個演員❸，並添加畫景。接下去的發展有：以較大的情境

❶ 抑揚格(iambic)是英詩中的格律，就是在一個「音步」
　中第一個音較短而輕、第二個音長而重。在希臘文
　中用長短音來構成「音步」，所以有人譯為「長短格」
　和「短長格」。

❷ *Iliad* 和 *Odyssey* 是現存最古老的兩個希臘史詩，亞
　里斯多德在《詩學》中一再提到，不知道它們內容
　的讀者可以先看一下後面「附錄」中的簡介。

　　　關於戲劇為什麼優於史詩將在本文最後幾章談
　到。

❸ 據說古希臘最早的悲劇家為 Thespis,只是一個人站
　在台上（或車上──見下頁附圖）「說戲」。Aeschylus
　增加第二個演員，人物便可以對話，演出就生動多
　了。Sophocles 引進第三個演員，戲劇形式臻於完
　備。因為如果只有兩個人物（演員），當他們的衝突
　發展到某一高潮時戲就不容易繼續，現在有了第三
　個人物，他就可以為他們和解；或者在其他兩個人
　物間挑撥離間，製造衝突。所以第三個演員的引進
　非常重要。再增加的第四、第五、第六…個演員，
　在戲劇功能上只是增加另一個第一、第二、或第三
　個演員。附帶說明：據學者研究，古希臘戲劇中人
　物可以很多，但是同時在舞台上出現的最多為三個。

取代短小的情節，以莊嚴的文體取代誇大用語和早期那種較適於諷刺文體和舞蹈的詩體。一旦**對白進入，悲劇**自然而然地找到了適切的形式。因為在所有的格律中，抑揚格最接近口語。在日常話語中，抑揚格的語態最常出現；只有極少的機會出現六音步的語態。其他像插曲（episodes）、幕次、或別的元素的增加，不再贅言；因為如果要細細道來，無疑地將非常費時。

圖 18 Thespis 演獨角戲：據說 Thespis 是希臘
第一個戲劇家，他一個人用說唱的方式
表演。左右兩個是音樂伴奏者，後來的
歌舞隊（chorus）應該是由此演化出來的

第五章
喜劇的根源

　　我們已經說過，**喜劇❶模創**較低卑的人物。不過低卑不是說罪大惡極，而是醜陋之一種——滑稽可笑。[特點是]它不會引起痛苦或傷害。喜劇面具是最明顯的例子——醜陋、扭曲，但是不含痛苦。

　　大家知道，**悲劇**和悲劇作家隨著後來的變遷而改變，但沒有人注意**喜劇**的歷史，因為它一直沒有受到重視。直到 Archon 時代才得到一個歌舞隊[可能就像現代的准予組團演出]。在此以前表演者都是自動參加。在喜劇作家出現前，喜劇早已成形。關於它的種種仍然無人知道——例如：是誰發明面具、是誰首創開場詩、是誰增加演員人數等等。我們只知道 Sicily 詩人 Epcharmus 和 Phormis 首創喜劇情節；在雅典作家中，Crates 是第一個放棄抑揚體或諷刺體，加強語言和情節結構的作家。

　　史詩和悲劇一樣，用詩體來**模創**高尚的人物。二者的區別是：**史詩**只用一種詩律，以敘述的方式呈現，沒有長度限制。但是**悲劇**不能超過一天（太陽運轉一周），或者比一天稍長一點點❷；**史詩**沒有時間的限制。不過，起初**悲劇**和**史詩**同樣自由。

　　至於它們的構成要素，有的相同，有的專屬悲劇。因此，能評斷悲劇好壞也就能評斷史詩。所有構成史詩的元素在悲劇中都有，但是悲劇中有的某些元素在史詩中沒有。

❶ 在《詩學》中只有這一章專論喜劇（**實際上也只有
一部份文字在說喜劇**），所以有許多論者認為亞里斯
多德另有專論喜劇的著作；有的說：《詩學》中關於
喜劇的其他章節遺失了。我以為無論是遺失了還是
亞里斯多德沒有去多談，都表示從古到今喜劇一直
沒有受到應有的重視。

　　我覺得還有一種較合理的可能：就是亞里斯多德
認為沒有必要去多談──因為「能評斷悲劇好壞也
就能評斷史詩」，則「能評斷悲劇好壞也就更能評斷
喜劇」了。

　　（參閱下頁及下章喜劇面具與演出形式。）

❷ 這是「三一律」（Three unities）中的「時間律」（unity
of time）。《詩學》並沒有提出完整的三一律要求，
那是新古典主義的主張，到浪漫主義時認為「時間
律」和「空間律」（unity of place）都沒有意義，劇
作家必須遵守的只有「行動律」（unity of action）。
這個主張對以後戲劇的影響最大。

圖 19 舊喜劇作家 Aristophanes 的《蛙
群》（*The Frogs*）──圖為古瓶
上的圖像

圖 20 Aristophanes's *The Plutus* 劇照──圖
為黃美序翻譯、改編、導演的《財
神爺要開眼啦》（台北，2000），亦
使用誇張的面具

第六章
悲劇的形式

關於用六音步**模創**的作品和喜劇，我們以後再談。現在讓我們繼續來討論**悲劇**。

[在本質上] 悲劇是一個**行動**演變過程的**模創**，這個行動是莊嚴的、**宏觀的❶**、完整的。在語言或**文辭**上，劇中各部份分別用各種藝術性的優美修飾——如有些部份單用詩行，有些部份佐以歌曲。[在形式上] 它通過演員在舞臺上「呈現」出來，而不是用「敘述」的形式。[它的功能是] 經由戲劇引發**憐憫與恐懼**，然後完成這些情緒的**淨化**[應該就是為錯誤的行為做出**贖罪**的行動，以求重獲心靈上的平靜、安寧]❷。

由於悲劇的模創意含演員的表演，**舞台景觀**的裝置將是悲劇的一部份。然後是**歌和文辭**，這些都是模創的媒介。所謂「文辭」意指文字的節奏、韻律等等，「歌」是大家都知道的名詞。

悲劇是一個**行動❸**演變過程的模創，行動必須通過俱備某種**品格❹**和思想特質的人；**品格**和思想是產生**行動**的兩個自然原因，所有的成功和失敗都取決於行動。因此，**情節**就是**行動的模創**。我在此說的**情節**指事件的安排❺。**品格**指我們賦予行動者的某些德行。**思想**指言之有物，或者表達一個普遍的真理。所以每個**悲劇**必須有六部份：這六部份決定它的品質——就是**情節、品格、文辭、思想、舞台景觀、歌曲**。其中[對白、歌唱] 兩部份構成**模創**的媒介，[演出] 部份為**模**

❶ 宏觀（Magnitude）有人解釋作「長度」。我認為欠
　妥。（詳見「卷首閒話之二」。）

❷《詩學》中引起最多爭議的是「**恐懼**」（fear）、憐
　憫（pity）和「**淨化**」（catharsis）之間的關係。我
　認為問題在「**如何淨化**」？「**淨化**」什麼人的罪？
　（詳見「「卷首閒話之二」」和「附錄」〈中西悲劇
　探幽〉。）

❸「行動」或「動作」（action）的解釋詳見「「卷首
　閒話之二」」。

❹ 品格（character）──有人中譯為「人物」。欠妥。
　亞里斯多德非常重視悲劇人物的身世和社會地
　位，我想因此他特別用「品格」為悲劇的六大元素
　之一，而不是「人」。（詳見「「卷首閒話之二」」。）

❺《詩學》中對「情節」與「故事」的區別未做任何
　說明。關於這點，E.M. Forster 說得最為明白。他說：

　　　國王死了，然後王后也死了。

　是故事。但是

　　　國王死了，王后因傷心而亡。

　是情節。

　「故事」只告訴我們兩個死亡在時間上的一先一
　後。「情節」的重點在呈現兩個死亡間的「因果關係」
　──就是國王的死亡引起王后的哀傷，哀傷導致她
　的死亡。（詳見 *Aspects of the Novel*, 中譯《小說面
　面觀》）（參閱第十章辯解❷）

創的方式，另三部份為**模創**的對象[情節、品格、思想]。除此外就沒有別的條件了。我們可以說：所有的**劇作家**都在使用這些因素；事實上，每個劇本都包含品格、情節、文辭、歌曲、思想與舞台景觀。

　　但是最重要的是「**事件的建構**」。因為悲劇的**模創**對象不是人，而是**行動**（生命和命運中的幸與不幸），或者說生命由行動構成，悲劇的目的是呈現行動的方式，不是品質。**品格**決定人的品質，但是他們的幸福與否取決於他們的行動。所以，悲劇的要素包含品格，而不是只要呈現品格。**事件**和**情節**才是悲劇的目標，而目標是最重要的。還有，沒有**行動**就沒有**悲劇**；但不一定要有**品格**。一般而言大部分現代詩人的**悲劇**在**品格**呈現上都失敗了。在繪畫方面也是如此；這就是畫家 Zeuxis 與 Polygnotus 的區別。Polygnotus 成功地描繪出品格；Zeuxis 則沒有道德的品質。還有，如果你將一組能明白表達品格的文辭和思想串在一起，你所能呈現的效果將不如文辭和思想雖有缺失、但是事件安排得很好的悲劇。除此之外，悲劇中最震憾人心的元素是情節中的「情境逆轉」和「真相揭發」的場景。另一個證明是：新手們在掌握情節的建構之前都要先學會文辭和性格的塑造。早期的詩人幾乎都是這樣。

　　情節是第一要義，它好像是**悲劇**的靈魂。**品格**居第

從下面圖 21 和 22 來看，面具也是戲劇家用來呈現人物品格的工具之一。

圖 21（左）：悲
　　劇人物面具
　　──較真實莊
　　嚴（參閱第七
　　章附圖之現
　　代造型）

圖 22（右）：喜劇
　　人物面具──注
　　意特別誇大的
　　嘴巴

二位。**品格**展示道德的目的，經由一個人對事物的取、捨來呈現。在繪畫中也是類似。將最美麗的顏色胡亂地塗在畫布上還不如一幅用粉筆勾勒出來的人像更能給人的快感。所以，**悲劇**是行動的**模創**，由行動而產生人物。

思想居第三位──就是：在既定情境中「可以說什麼」和「應該說什麼」。**思想**在表達何者為真、何者為偽，或者表示普遍性的道理。

文辭居要素中的第四位。它就是用文字表達意義；它的本質在詩和散文中完全相同。就演講術來說，它屬於政治與修辭藝術的範疇。老一輩的**劇作家**讓他們的人物像雄辯的演說家，現在的劇作家則用修辭家的語言。文辭話語如果不能明白表達說話者的心意與決擇，就不足以呈現品格。

在其餘的元素中，**歌詠**最為重要。

舞台景觀❻的本身具有感性上的吸引力。但在所有的構成部份中，它最沒有藝術性，與劇作藝術最沒有關係。因為即使沒有**景觀**和演員，**悲劇**的力量依然存在。並且，舞台場景的效果大部份是舞台機械師的藝術、而不是劇作家的藝術。

❻ 可能因為在古代的劇場中，舞台設備和佈景設計遠不如現代劇場中有許多科技上的發明可以利用。在某些類型的現代劇場中，景觀的重要性有時會超過對白表達的內容。

假如亞里斯多德生在現代，我相信他對舞台景觀的討論不會一句話草草帶過。

圖 23 Euripides's *Orestes* 劇照──圖為在希臘 Epidaurus 古劇場的現代演出（2003）、圖為由座位向外看的場景。中間的為表演區（原為歌舞區──參考圖 7），後方為非常簡單的背景建構

圖 24 在台北森林公園露天劇場演出的
　　　Aeschylus 的《奧瑞斯帝亞》
　　　（*Oresteia*）三部曲現代版（由
　　　Richard Schechner 改編、導演，吳
　　　興國、魏海敏主演，1995）

第七章
悲劇行動的特點

在建立這些原則後，現在我們來談談**情節**的正確建構，因為它是**悲劇**中首要的部份。

依據我們的定義，**悲劇**是一個**行動**的**模創**，這個行動是莊嚴的、宏觀的、完整的。（有些事物可能完整，但缺乏宏觀。）所謂完整就是有開始、中間、結尾。**開始**是指沒有「前因」的第一個件事（行動），是一連串事件的開端。**中間**指前、後都有事件[即發生在「開始」和「結尾」間的所有事件]。**結尾**為最後的結束事件（在它的後面沒有任何別的行動了）。一個經營良好的**情節**必須遵守這些原則，不是隨便開始或結束❶。

此外，一件美麗的事物，無論是有生命的有機體或是組合的東西，除各部份有妥善的安排外，還必須具有一種宏觀；因為美取決於宏觀和井然有序的安排。因此，太小的動物不會美，因為瞬間的觀察無法審視明白。太大的也不行，因為觀賞者不能「一覽無遺」看清它的整體和本質，就像觀看千里之外的東西。所以呈現的動物或任何東西必須具有宏觀，一種容易一覽無遺的宏觀；所以**情節**要合於某種「量度」❷，使觀賞者很容易記憶。（但是依比賽和觀眾感受來說，量度的限制無關藝術原則。例如有一百個戲參加比賽，據說演出時間也可以用水鐘來限定。）就戲劇本身的性質說，如果沒有宏大到看不明白，則越宏大越美。或者說：正確的宏觀（量度）指事件合於「必然律」

❶ 即是說：一個完整的情節結構應該有「有機的起承轉合」。所謂「結尾」不只是發生在最後的事件，還必須是個「完滿結局」——這在古典戲劇中常指問題的解決（final solution）、真理的發現、或人物對事件意義的領悟。但是在現代作品中並不一定，有些作家還愛故意「留言」，例如在吸血鬼的電影中，最後大家認為全部吸血鬼都已被殺了，觀眾卻發現那些參加殺鬼的人物之一已經變成了吸血鬼。這種做法大多數是為拍續集的「預告」，但是也有些作家希望借此誘使觀眾進一步思考作品中暗示的問題。如上述的吸血鬼情形，也可能在暗示在人類社會中永遠存在像吸血鬼的可怕現象。

荒謬劇場（the theatre of the absurd）中像《禿頭女高音》（the Bald Soprano）、《等待果陀》（Waiting for Godot)的結尾就更為特別了。

（有關情節變化因素，參閱本章辯解❸、第九章辯解❷、第十二章〈悲劇的組織〉本文和辯解❶、第二十五章辯解❹、附錄中依「開場」、「中間事件」{包括「逆轉」與「發現」}和「退場」分段敘述的 Oedipus the King 情節大綱。）

❷ 這裡的「量度」一般譯為「長度」，我覺得很有問題。我們已經提過：長度的標準指一個劇本或一部「三部曲」？無從界定。所以我試做不同的解釋和譯法。

我想補充的是：長短大小跟記憶（續辯解下頁）

（necessity）或「因果律」（probability）❸，並且能充分呈現從幸變不幸、或不幸變幸。這就是恰當的宏觀或量度。

圖 25　現代版希臘悲劇英雄造型

（比較第六章悲／喜劇面具）

（續辯解上頁）的關係也說得不明白。還有，為什麼說「太小的**動物**不會美」？戲劇與動物有什麼必然的關係呢？

太不容易了解啦！（參閱第十二章辯解❶、第十四章辯解❷、「「卷首閒話之二」」中的相關說明）

❸**必然律**（necessity）指事情會依自然現象、習俗、科學、律法、共同規定等原因一定會「無法避免」地發生——例如人一定要有飲食才會生長，年青會變年老，最後會死亡；植物沒有陽光水份就會枯死。

　　因果律（probability）指根據因果邏輯推理可能發生的事件，如「善有善報，惡有惡報」、「種瓜得瓜，種豆得豆」。

　　不過，有時候有些規律會因時、因地而不同。例如在所謂文明社會中，女孩子要結婚後生孩子才合於道德規範；但是也有少數民族要女孩子先會生孩子才有人娶，因為證明會生孩子是做為妻子的先決條件，即是說：妻子的最大使命是傳宗接代。

　　在英文中還有一個意義頗為相近的字：possibility（**可能性**）——指在現實中任何意外的可能，例如一個好人因交通或別的事故而意外死亡。但是它不合於道德的因果邏輯、或一般的思維習慣，所以缺乏理性上的說服力，沒有戲劇或道德效果，因此亞里斯多德認為不宜用這樣的方法處理戲劇中的情節變化。劇作家必須安排合於（續下頁）

（續「辯解」上頁）因果邏輯的理由，這樣才能使讀者／觀眾「相信」，達到應有的戲劇效果。

（有關情節變化因素，參閱本章辯解❶、第九章辯解❷、第十二章〈悲劇的組織〉本文和辯解❶、第二十五章辯解❹、附錄中依「開場」、「中間事件」{包括「逆轉」與「發現」}和「退場」分段敘述的 *Oedipus the King* 情節大綱。）

第八章
情節的完整性

　　有人以為**情節**的「單一完整」(unity)是由一個英雄的事蹟所構成。事實上，一個人的一生中有各色各樣的遭遇，是無法簡化成單一完整的；即是說：一個人的一生中有許許多多的**行動**，這些行動常常不能做成單一行動。所以，像 *Heracleid* 和 *Theseid* 等一類作品的作者都錯了。他們猜想 Heracles 是一個人，他的故事一定就是單一完整的。但是 Homer 就與眾不同，不管是由於他的天才或藝術修養，在他寫 *Odyssey*❶時並沒有包括這位英雄一生的所有事蹟——例如他在 Parnassus 的受傷、或者裝瘋召集軍隊等不合必然律或因果邏輯的事件。他的 *Odyssey* 環繞著我們所謂的單一行動進行，*Iliad* 也是如此。所以，像其他**模創**藝術，當模創的對象是單一時，模創的成果就會單一完整。**情節**也是一樣：必須模創一個「完整的」行動。所謂完整，就是在建構上必須做到如下的要求：[1]. 如果其中的任何一部份錯置或刪除，整體性就會被破壞。[2]. 如果一個事物的出現或消失並不會產生明顯的差別，它就不是整體結構中的有機部份。

❶ 關於 *Odyssey* 和 *Iliad* 的情節簡介，參閱「附錄」中的情節簡介。關於「必然律」和「或然律」，參閱上章辯解❸。

圖 26 Odysseus 與 Circe——Circe 是個非常迷人而兇爆的女巫，她把捉到的人都變成豬。Odysseus 得神助而沒有被變，和她同住了一年，生了一個兒子

圖 27 太陽神、海神、日神浮雕：希臘諸神以天帝
　　　Zeus 最大，其他很多都是他的子女。下面三個大
　　　理石浮雕依次為海神（Poseidon）、太陽神
　　　（Apollo，亦名 Phoebus）、和月神（Artemis 或
　　　Diana）。太陽神掌管藝術、醫藥、音樂等。海神
　　　的風流和天帝差不多，可是常常被其他的神打
　　　敗。月神是太陽神的雙胞胎妹妹，也是狩獵之
　　　神、貞操之神（保護未婚女子）。他們都屬奧林
　　　帕斯山（Olympus）十二大神，權力僅次於 Zeus。

第九章
悲劇和歷史的區別

　　上文說過：詩人的職責明顯的不是去寫已經發生的，而是可能發生的——就是根據邏輯因果律或必然律可能會發生的事件。詩人與歷史作家不同之處不在用詩體或散文書寫。Herodotus 的歷史作品也可以用詩來寫，有沒有詩的韻律都仍然是歷史。真正的區別在於一個敘述已經發生的事、另一個寫可能發生的事。所以，詩比歷史更有哲思、更為高尚：因為詩追求「共相」[普遍性真理]，歷史陳述「殊相」[個別現象或事件]。我之所謂「共相」指某一類型人物、在某種場合會依必然律或因果律產生相同或相似的言行。這種宇宙共相就是詩通過相關人物所要呈現的東西。「殊相」就是像 Alcibiades 那樣一個政治家的行為和受難。這一點在**喜劇**中就很明顯：在喜劇中作者首先依邏輯因果建構情節，然後依人物類型給予名字——不像諷刺詩人那樣去描述特殊的個人。但是**悲劇**作者仍然採用真實人物的名字，理由是：可能的才會可信——就是已經發生的當然是可能的，否則就不會發生了；而尚未發生的不容易使人立即認為可能會發生。然而，在有些悲劇中只有一兩個眾所周知的人物，其餘的全屬虛構。有些悲劇中沒有一個著名人物——例如在 Agathon 的 *Antheus*（*The Flowers*）中，事件、人物全然於史無據，但是一樣具有娛樂效果❶。所以，我們決不能死守著一般人認同的傳說做為悲劇題材。那是很無聊

❶亞里斯多德這裡說情節（故事）不必去求史實根據，只要合於必然律和因果律就可以。但是在第十三章則說人物必須是顯赫名人，似乎有點衝突。這後來的說法是亞里斯多德自己的修正意見？還是自己的前後不一、思考欠周呢？不過，生在現代的我們似乎沒有必要去破解這個謎了。就像 Arthur Miller 在 "Tragedy and the Common Man"（悲劇與常人）一文中說的：任何一個具有「能為自己在社會上的正當地位而奮鬥意志的常人，都可以成為英雄」。

圖 28 Herodotus
（484-425B.C.）
被稱為西方
「歷史之父」

的。很多少為人知的題材也可以為大眾欣賞。由此可以非常明白地顯示：劇作家或「創造者」所**模創**的，應該是情節、而不是詩行韻律——劇作家是在**模創行動**。即使他偶而採用歷史題材，他仍然是劇作家；我們沒有理由說已經發生的事件就不合必然律或因果律。

就所有的情節和行動來說，「段落式」（episodic）是最糟的。我所謂的「段落式」就是個別事件或行動之間沒有合於必然律或邏輯因果律的承接因素。別腳劇作家因為才情不夠而寫出這樣的作品；夠格劇作家則因為要取悅演員；當他們為比賽而寫時，常常超出情節的限度，被迫破壞自然的連貫性。

還有，**悲劇**非但是一個完整的行動、也是能引發恐懼或令人同情事件的**模創**。當事件出乎意料地發生時，能產生最強的效果；如果事件同時具有因果關係時，效果會更為強烈。這樣的「悲劇性神奇」（tragic wonder）會比自然或意外發生的更好。即使是意外事件，如果具有「匠心經營」的感覺，也會有比較好的趣味❷。例如 Mitys 的塑像[多年後]在節日活動中倒下砸死殺死他的兇手。這樣的事件就不像是意外發生的。因此，依照這些原則建構的情節，必然是最好的。

❷ 這裡說的和先前及以後一再主張的「情節的進展必須合於必然律和因果律」的原則，似乎是自相矛盾的論述。實際上亞里斯多德在這裡「補充」的情節經營的方式：「當事件出乎意料地發生時，能產生最強的效果；如果事件同時具有因果關係時，效果會更為強烈。這樣的悲劇性『神奇』會比自然或意外發生的更好。」是更進一步的藝術。依照現代的說法，就是在情節的發展中必須有「驚奇性」（Suprising）的效果，產生「山窮水盡疑無路，柳暗花明又一村」的趣味——就是情節的發展超出讀者／觀眾的意料——就是劇作家的慧心安排使讀者／觀眾初看似全屬意外，細思早有「伏筆」或暗示，更能令他們激賞劇作家的才華。不過，如果讓觀賞者很快就看出劇作家的「匠心」，就不是上乘之作了。（有關情節變化因素，參閱第七章辯解❶、❸、第十二章〈悲劇的組織〉本文和辯解❶、第二十五章辯解❹、附錄中依「開場」、「中間事件」{包括「逆轉」與「發現」}和「退場」分段敘述的 *Oedipus the King* 情節大綱。）

第十章
情節的類型

　　我們的真實生活明顯地有簡單和複雜兩種類型。**情節**是我們真實生活（**行動**）的**模創**[戲如人生]，所以不是「簡單的」就是「複雜的」。我稱為「簡單的」情節是：行動是單一和持續的，當發生轉變時也沒有「逆轉」或「發現」（Reversal, Recognition）❶。

　　「複雜的」的**行動**是：發生轉變時同時有「逆轉」或「發現」、或是兩者都有。這些轉變應該來自情節的內部結構，就是隨後發生的事件是前面**行動**的**必然性**或**因果性**的結果。一個事件的發生「有前因」與「沒有前因」，會產生極大的差異❷。

圖 29 *Oedipus at Colonus*
在 *Oedipus the King*
中，他是由幸變不幸，
現在他受到歡迎，找到
埋骨之地，應該是由不
幸到幸的逆轉

❶　「逆轉」指劇情由「幸」突變為「不幸」（應該也包括由「不幸」突變為「幸」）；「發現」指人物發現了某種真相或對人生有新的重大體悟。在下一章中有較明白的解釋。

❷　我們在前面第六章的「辯解」部份曾經引述 E. M. Forster 對情節與故事的區別。這是戲劇結構上相當重要的概念，所以重複如下。Forster 說：

國王死了，然後王后也死了

是故事。但是

國王死了，王后因傷心而亡。

是情節。（參考第六章辯解❺）

這個不同最能說明「有前因」和「無前因」的差異所在，或者說：如何將許多事件結合成「一個完整的有機體」是劇作家必須擁有的情節經營的藝術。

第十一章
情節的變化

「情境的逆轉」是行動依邏輯因果律或必然律做逆向[相反]的轉變。正如在 Oedipus 一劇中的情形：從 Corinth 來的信使原來是要帶給 Oedipus 王喜訊，結果卻是適得其反，將 Oedipus 王帶進萬劫不復的結果❶。又如在 Lynceus 中，Lynceus 是被帶去就死，Danaus 隨著他去，原意是要殺他，但是接下去卻是 Danaus 被殺、Lynceus 獲救的相反結局。

「發現」是從無知變為明白真相或了解真理，例如使順境或逆境中的相關人物明白他們是敵是友、是仇是親。最好的發現形式是和情境逆轉同時發生，例如在 Oedipus 中。當然還有其他的形式。即使微不足道的無生命的東西也可能促成發現。我們可以認識或發現一個人是否做過某事。上述的情節和行動密切結合的發現是最好的，因為當發現和情境逆轉一起呈現時會產生憐憫或恐懼；依據我們的定義，會產生這種效果的行動就是悲劇的呈現。命運的好壞就建立在這種情境上。發現既然是人與人的關係，有時候可能一個人被另一個人發現——有時當後者已經知道前者是誰，有時是雙方的互相發現。例如 Iphigenia 用信向 Orestes 表明自己是誰；但是 Iphigenia 需要通過另一個行動去發現 Orestes。

逆轉與發現是營造美妙情節的兩個部份。第三部份

❶ *Oedipus* 或 *Oedipus the King*《伊底帕斯王》這個劇作在《詩學》中多次被亞里斯多德提出來做為範例，不熟悉整個情節的讀者，請參考「附錄」中的劇情簡介。

圖 30 天帝 Zeus（在羅馬時期稱為 Jupiter），諸神之首，常喜愛參與凡人的事務或愛上凡人

圖 31 Zeus 神殿遺蹟

是「受難場景」。受難場景是毀滅或痛苦的行動，例如死亡、肉體上的痛苦、創傷等等。

圖 32　在西方歷史上，最著名的「受難」應該是耶穌被釘十字架，因為被釘的受難者比弔死會痛苦長久很多。其他許多肉體或精神上的酷刑也是如此──受刑者活得越久，痛苦也越久

第十二章
悲劇的組織

　　關於**悲劇**的構成元素已如上述。現在我們來看看它的組成段落，就是「開場」（Prologue）、「分場事件」（Episode）、「退場」（Exode）、「合唱歌曲」（Choric song）。合唱部份又分為「進場曲」（Parode）和「場上合唱曲」（Stasimon）❶。這些部份在所有悲劇中都一樣。不過演員的歌唱和哀歌僅在某些戲中存在。

　　「開場」指歌隊進場前的全部戲劇行動。「分場事件」是介於歌隊首尾曲之間的全劇中間部份，「退場」是全劇的結尾，在它之後也沒有歌隊合唱了。歌隊的「場上合唱曲」沒有四音步的抑揚格或揚抑格（短長格或長短格）❷。「哀歌」是歌隊和演員的對唱。這就是**悲劇**的組成段落。

　　悲劇整體建構的元素已如上述。

❶ 這些戲劇組織上的常識在欣賞古典典或現代戲劇時，知不知道似乎都不會產生什麼重大影響。下面試將它與現代西方「佳構劇」（well-made play）的組織模式、中國傳統文章結構原則等，做一個簡單的比較，以供參考：表中

　　　A 欄——本章說的「開場、中間事件、退場」（即上面第七章說的「開始、中間、結尾」）。

　　　B 欄——西方現代「佳構劇」模式。中文名詞為我的杜撰。

　　　C 欄——中國傳統文章組織模式。

A　　　　　　欄	B　　　　　　欄	C 欄
開場（開始）（Prologue）	緣起（Exposition）	起
中間事件（Episodes）	變承（Complications）	承
——包括逆轉（Reversal）、發現（Recognition）	逆轉（Reversal）	轉
退場（結尾）（Exode）	匯合（Ending/ Denouement）	合

（有關情節變化因素，參閱第七章辯解❶、❸、第九章辯解❷、本章〈悲劇的組織〉本文、第二十五章辯解❹、附錄中依「開場」、「中間事件」{包括「逆轉」與「發現」}和「退場」分段敘述的 *Oedipus the King* 情節大綱。）

❷ 關於這兩種詩的音步名詞，見第四章說明❶。

第十三章
悲劇情節的模式

　　接下去我們要談的是劇作家在建構**情節**時應何去何從，以及用什麼方法去產生**悲劇**的特殊效果。

　　我們已經明白：一個完美悲劇的**情節**應該用複雜、而不是簡單的建構去經營❶，並且應該是能引發**憐憫**和**恐懼**的**行動**。這是悲劇模創中的特點。所以，非常明顯的是：[1]首先，命運的改變必須不是一個有德之士的由盛而衰，因為這既不會引發憐憫也不會產生恐懼，只會使我們感到驚嚇。[2]也不能是一個壞蛋的由衰而盛；因為沒有事件比它更違背悲劇精神了——它沒有一點點悲劇特質；既不合道德也不會引發憐憫和恐懼。[也可能有人因此感到天道不公而產生恐懼吧！] [3]也不應該是去呈現一個十足壞人的沒落；無疑的這樣的情節會滿足道德標準，但是那也不會引發憐憫或產生恐懼；因為憐憫是由「不該有的不幸」所激發，恐懼來自和我們一樣的人之不幸。而這樣的事件既沒有憐憫也不可怕。剩下來的就是介於兩極之間的人物——就是一個並不完善正直的人，他的不幸不是來自罪惡或腐敗，而是由於某種錯誤或品德上的過失所致。他必須是一個聲名顯赫的人，像 Oedipus、Thyestes，或者其他名門豪士。

　　所以，一個結構良好的**單線情節**應該比**雙線情節**完美❷——雖然有人以為後者較好。命運的改變不應該從不幸到幸，而是相反地從幸到不幸。這個不幸並不是

❶ 這個說法似乎與下面所說的「單線結構」和「雙線結構」有點矛盾。雙線應該是「複雜」的類型之一吧。(「單線結構」有人譯為「單一情節」)

❷ 有許多現代理論家對此並不苟同，認為雙線情節的經營較難，用得成功比單線的更為可取：如莎士比亞的《李爾王》(*King Lear*) 中李爾和三個女兒的主線、與大臣和兩個兒子副線相互呼應，就是一個極佳的實例。

圖　33　李爾王因不滿三女兒對他說：如果她結
　　　了婚，她要分一半愛給她丈夫，所以只能給
　　　他一半的愛。老王大為生氣，將她摔倒地上
　　　（黃美序譯、編、導。國家劇院 1990）

源於罪惡，而是由於重大的錯誤或道德上的過失。[重複前面剛說過的話，可見亞里斯多德對悲劇這種特色的重視。]例如我們說過的人物、或是比他們更好的人物。這有事實可證。以前，詩人隨心所欲地從傳說故事取材。現在最好的悲劇都是描寫少數幾個家族的故事──如 Alcmaeon, Oedipus, Orestes, Meleager, Thyestes, Telephus 等王族或名門望族，或者其他遭遇過巨大恐怖事件的人。一個在藝術上完美的**悲劇**應該如此。因此，有人以此（極為不幸的結局）而責備 Euripides 的戲，是不應該的。我們說過：這樣的結局是對的。最好的證明是：這樣的作品如果處理得當，在舞台上或戲劇比賽中都最有悲劇效果。Euripides 雖然可能有時候對題材處理欠當（如隨意引進喜劇因素），但是在劇作家中，他的確是最能發揮悲劇精神的一位。

　　雙線結構的悲劇是次等的[此處所說的悲劇似乎不是單指戲劇，包括史詩在內]──雖然有人認為那是第一等──例如史詩 *Odyssey*，它有雙線的結構，並且好人壞人的結局都恰恰相反。這類作品被視為第一等是由於觀眾的柔弱，以及詩人投觀眾之所好的結果。它產生的喜悅不是真正的悲劇喜悅❶。它較像是喜劇──兩個死敵（像 Orestes 和 Aegisthus）在戲結束時像朋友般離場，沒有人殺人或被殺。

❶關於悲劇的喜悅（tragic pleasure，很多人譯作「快感」），亞里斯多德在第十四章中說：「悲劇的喜悅有它的獨特性。悲劇作家是經由模創憐憫和恐懼來引發喜悅，是一種必須由情境產生的特質。」但是接下去說的全是關於如何產生憐憫和恐懼效果的方法，並沒有闡釋憐憫和恐懼如何會轉化成喜悅或快感。有人說：當英雄的恐懼或罪惡最後「淨化」了時，觀眾會為他高興。有人說：悲劇英雄雖然死了，可是他的偉大精神，令人感動。有人認為情節中令人滿意的「發現」、驚奇性的事件演變、美妙的文辭等等，都會帶給觀眾一種喜悅或快感。我覺得這些解釋都有可能，但是卻難令人滿意。

讓我們從幾個實例來看看吧：*Oedipus* 中的結局的確會使我們感到同情和恐懼——命運或宇宙神秘的可怕，正如最後歌隊的警語說的：「當我們還沒有跨越生命的邊界脫離苦海，我們凡人決不能自認是幸運之子。」這時我們或許會想：幸好我不是他。那是悲劇的喜悅嗎？再以 *Oresteia* 三部曲來看：最後 Orestes 得神助而沒有受到復仇女神的懲罰，可能會使我們為他高興，但是也可能有人會認為他沒有為殺母付出代價是不太公平的。Medea 在完成對丈夫的報復後（殺死新娘和自己的兒子）安然離去，會使多少人產生喜悅或快感？

但是，如果悲劇不會給人喜悅，我們為什麼要去看它呢？如果悲劇只會帶給我們痛苦，難道我們愛（續下頁）

（續「辯解」上頁）「自討苦吃」嗎？或許有少數人愛「苦口黃連」，大多數人去劇場的目的應該是娛樂一番。雖然每個人喜歡悲劇的理由不同，但是很多人欣賞悲劇，那也是不爭的事實。

悲劇帶給讀者／觀眾的喜悅是怎樣的一種「獨特」感受呢？只有大家去「自由心證」了。

（參閱第四章插圖 16 後關於「美感距離」的概念，及「附錄」內「中西悲劇探幽」一文）

第十四章
恐懼與憐憫

　　「**景觀**」也可能引起恐懼和憐憫；但是更好的方法是藉由作品的內在建構而誘發，也更能顯示劇作家的高明。成功的**情節**會使人只是「聽到」而不用「看到」，就會心驚肉跳、並產生憐憫之情。這正是我們聽到 *Oedipus* 的故事時應有的感受。光是借用景觀來達到這種效果是較差的藝術手法，並且會需要很多財力和人力。企圖用場景來營造效果只能產生怪異的恐怖、而不是恐懼。這樣的劇作家可以說對悲劇是門外漢。我們不能企望**悲劇**會帶來各色各樣的喜悅；悲劇的喜悅有它的獨特性。悲劇作家是經由**模創**憐憫和恐懼來引發喜悅，是一種必須由情境產生的特質。

　　讓我們來界定是什麼使我們感到憐憫和恐懼的**情境**。

　　能產生這樣效果的**行動**必然發生在朋友、敵人、或陌生人之間[**的衝突**]。如果一個敵人殺死他的敵人，無論是殺人的行動或殺人的企圖都不會引起憐憫——除了事件本身值得同情之外。彼此無關者之間的殺害也是一樣。但是當悲劇的事件發生在親人好友之間時——例如兄殺死了弟、或企圖殺死弟，兒子殺死父親，母親殺死兒子，兒子殺死生母，或是任何類似的事件，那才是作家該尋找的情境。[*我不太滿意以上三種情境的分析，詳見下辯解* ❶] 當然他勿須破壞眾所周知的傳說故事---例如 Orestes 殺死生母 Clytemnestra，或者

❶ 當然，有血緣關係者之間的相殺（如 Medea 的殺子）或誤殺（Oedipus 的殺父）會引發強烈的憐憫或恐懼。但是**亞里斯多德對引發行動或行為的動機似乎太不注意**。我認為敵人之間或陌生人之間的衝突所帶來的死亡，也會產生憐惜和恐懼，強烈與否要看情境和殺人的理由和動機而定。例如

一・A、B 是相識的仇人：

情　　　況	殺人理由／動機	讀者／觀眾反應
A 殺死 B	合於道義	為 A 高興；認為 B 是罪有應得
	不合道義	憐憫 B；對 A 與天道感到恐懼
A 企圖殺 B、反為 B 殺死	合於道義	憐憫 A；對 B 和天道感到恐懼
	不合道義	對 B 和天道伸張感到高興；認為 A 是活該

二・陌生人之間：

情　　　況	實　　　例	讀者／觀眾反應
表面上陌生	如 Pasolini 電影中演出的 Oedipus 誤殺父親情形	對父子都感到憐憫；對天道感到恐懼
實質上陌生	如現代恐怖分子和神經病人的殺人	對被害者憐憫；對事件感到恐懼

像 Eriphyle 被兒子 Alcmaeon 殺死——劇作家在巧妙地經營傳統素材時應該有自己的創新。下文將解釋怎樣經營比較巧妙。

[1]早期詩人的行動安排是：人物明白知道要殺的對象。例如 Euripides 的 Medea 殺死她自己的兩個孩子。[2]或者人物在不明真相的情形下做出恐怖的行動、事後才知道親人或友人的關係，例如在 Sophocles 的作品 Oedipus 中[無知殺父，行動在戲外]，或者在 Astydamas 的 Alcmaeon 和 Wounded Odysseus 中[前者無知殺母、後者無知誤傷生父,行動均發生在戲內]。[3]第三種情境是人物在事前不知道真相，但是在正要行動前明白真相而中止行動[殺人]。除此外沒有別的了。因為不是做了、就是沒有做，不是知道、就是不知道。不過在所有情形中，最不好的是知道對象、卻在正要行動時放棄行動。它只會令人驚嚇而沒有悲劇效果，因為接下去沒有任何災難，不會令人產生悲憫之情。所以這種情形沒有（或極少）在戲劇作品中出現；僅有的例外是在 Antigone 一劇中 Haemon 要殺他父親 Creon❷。比較好的做法是完成這個殺的行動[應該就像 Medea 的殺子]。更好的辦法是事前不明、事後才發現真相。如此才會令人震驚、不會令人感到邪惡 [不會感到不道德或沒有人性——即上面說的第二類型]。最後的一種最好，例如在 Cresphontes 一劇中 Merope 在正要殺她的兒子時認出他、因而饒了他。在

❷ Haemon 沒有成功而自殺——這好像不屬於上述情境中的任何一種。所以有學者認為全部類型是四種。還有，亞里斯多德在這裡說的「最不好的是知道對象、卻在正要行動時放棄行動。它只會令人驚嚇而沒有悲劇效果，因為接下去沒有任何災難，不會令人產生悲憫之情。」我覺得這話似乎不完全合理。Haemon 如果殺父成功會是比較好的情節嗎？我非常懷疑。並且，殺人不成觀眾當然不會產生婉惜、悲憫之情（除非有人該死而沒有死）。但是那也不會「令人驚嚇」吧？

　　中國有句老話說：死有重如泰山，輕如鴻毛。西方的著名悲劇很多以英雄的死作結，但是不見得都「重如泰山」，觀眾也不一定都喜歡以死結束，如《李爾王》（*King Lear*）的情形：這戲在 1823 年前的 150 多年間被改成喜劇收場——李爾和他的小女兒都沒有死，並重新登上王位。這種原來是悲劇結束、被後人改為喜劇收場、最後又被改回悲劇的情形，不止《李爾王》一劇。這說明時代不同、人們的胃口也可能會變（但不見得是所謂「時代精神」）。又如在 20 世紀前期的美國警匪片中，匪徒最後一定會受到懲罰。但是到 20 世紀後期時，許多罪犯都逍遙法外。這才是一種值得探討的文化現象。

Iphigenia 中也是一樣：姐姐及時認出了弟弟[因而救了弟弟]。又如在 *Helle* 中，兒子及時認出母親而救了她。[這種結果不是「接下去沒有任何災難，不會令人產生悲憫之情」嗎？不是最不好的嗎？亞里斯多德一直認為 *Oedipus* 是最好的悲劇，怎麼會這樣說？**費解！**] 正如上面說的，這就是為什麼只有少數幾個家族成為悲劇的題材。以前的詩人們選用這種情節並不是由於他們的藝術修養、而是因為幸運地得到傳統的引導。所以，現在他們仍不得不借助這些具有動人歷史的家族。

　　以上已經足夠說明「事件建構」和「情節類型」的如何取捨了。

圖 34 Orestes 正要
　　為父報仇而殺
　　死 他 的 母 親
　　Clytemnestra

第十五章
悲劇中的品格

　　談品格要注意四個方面。第一並且最重要的是：必須良善。任何闡明道德目的的語言和行動都是要表明[人物的]品格：如果目的善良，品格也就會善良。這個規律因不同階級而異。即使一個女人也可能是善良的，奴隸也是——雖然女人被認為是次等的，奴隸更是卑不足道。第二點要注意的是行為規範。有一種品格叫做「大丈夫氣概」，但是如果女人有大丈夫氣概或狂妄的小聰明，都是不當的。第三，品格必須與真實生活一致，而不是創作[編造]出來的善良和行為規範。第四是要前後一貫。即使模創的對象前後不一，詩人必須在不一致中追求一致。例如在 Orestes 一劇中的 Menelaus，Scylla 中的 Odysseus 和 Melanippe 的能言善道、Iphigenia at Aulis 中 Iphigenia 的前後的性格迥異❶。

　　像情節建構要合於必然律或因果律，品格的呈現也必須合於必然律或因果律。因此，一個具有某種品格的人就應該表現這種人特有的語言和行動。所以，很明顯的，情節的錯綜變化到「山窮水盡疑無路」時，必須自然而然地找到「柳暗花明又一村」，不能借助「神從天降」的辦法脫困❷——如在 Medea 中她最後的騰空飛去，或是在 Iliad 中希臘人得「神」助而回航。「神從天降」的辦法只能用於劇本本文之外——只能用於超越人類知識能力的事，因為我們相信神有能力看到所

❶ 亞里斯多德在這裡太語焉不詳，一般《詩學》譯者的註釋說 Menelaus 在劇中沒有營救他的姪子，懦弱得不像男人；Odysseus 為他的水手被海怪吃掉而嚎啕大哭，有失英雄氣概，Melanippe 的能言善道不合當時女人的行為規範。

　　但是，就如亞里斯多德自己說的：如果能夠「在不一致中追求一致」，也是成功的品格呈現。所以我覺得這些例子不一定是指品格的缺失，應該看詩人有沒有做到「在不一致中達到一致」。如果有，就是好的呈現。例如 Odysseus 為他的水手死亡大哭，也可以說是對下屬的真情的流露；Iphigenia 的前後不同──由恐懼死亡而轉變成為國家的利益而勇敢地犧牲自己──不是很好、很可敬嗎？

　　並且，這種男尊女卑的態度早已不合我們現在的社會潮流。所以這部份的內容頂多只能做為欣賞古希臘文學的參考。

《詩學》雖然有些論述已經不能說服今天的戲劇工作者、有些似乎相當明顯的已經「過時」。但是關於情節經營的大部份看法，仍然是很好的編劇藝術的參考──尤其對初入劇場的「新鮮人」而言。

❷ 「神從天降」的原文是 *Deus ex Machina*（the god from the machine），是古代希臘舞台的機械裝置（見圖 7 劇場建築）。現在這個詞常用來評貶一個作品的情節發展沒有合情合理的邏輯性結構，要用意外的突發事件來解決發展上的困難。

有的事。在**行動**中必須完全沒有不合理性的東西。如果無法排除不合理性的因素，必須放在劇本之外。例如 Sophocles 在 *Oedipus* 中的處理　[即 Oedipus 誤殺生父的事件是發生在戲劇行動開始之前]。

因為**悲劇**是**模創**高於常人的人們，所以應該仿效優秀畫家的做法。他們在繪製人像時，畫作栩栩如生，並且比本人更為美麗。**劇作家**亦須如此，在呈現易怒、懶散、或有別的缺點的人們時，應該保持原貌，並加以美化。在 Homer 和 Agathon 筆下的 Achilles 就是這樣。

這些都是劇作家應該遵循的規律。同時也不應該疏忽感官欣賞的部份；它們雖然不是基本元素，卻也是戲劇的構成條件。這也是很容易犯錯的地方。關於這點，我在以前的作品中已經說了很多了。

第十六章
發現的類型

我們已經說過什麼是「**發現**」，現在我們來解說它的形式或類型。

第一種形式是經由符號而發現，是最不藝術的、最常見的庸才之作。其中有的符號是天生的——例如「由土地中出生的族群身上的矛」[一種胎記]，或者像 Carcinus 在 *Thyestes* 中用的兩個兒子身上的星星。其他有出生後才有的：如身體上的傷疤；有的是像項鍊等外在的「符號」，或是像 Tyro 中的發現是由於一隻小船[可能是玩具]。這些符號的使用也是好壞不一。如在 Homer 的史詩 *Odyssey* 中，保母和牧豬人都是由 Odysseus 身上的疤而認出他。這類藉由某種形式而證實（無論有沒有記號或符號）是比較沒有藝術的**發現**。較藝術的做法是經由事件的轉變，如 *Odyssey* 中「洗腳」一場的處理❶。

另一種發現是詩人的隨意發明（invent），所以缺乏藝術性。例如在 *Iphigenia* 中，Orestes 自行表明他是 Orestes。（而 Iphigenia 則是經由信件表明自己。）這種方式是**劇作家**的設計，不合**情節**的需求；近似上述的錯誤。其實 Orestes 也可以用記號來表明自己。另外一個類似的例子是 Sophocles 的 *Tereus* 中的「梭子的聲音」。

第三種是用某種事物喚起記憶，如在 Dicaeogenes 的 *Cyprians* 中，英雄因為看到圖畫而痛哭；又如在 *Tale*

❶ 這一章的說明多語焉不詳，分類也不夠明確。例如說：「保母和牧豬人都是由 Odysseus 身上的疤而認出他」。但是並沒有說明如何會「好壞不一」。只說「藉由某種形式而證實是比較沒有藝術的發現；較藝術的做法是經由事件的轉變。」我覺得在「經由事件的轉變」的發現中，也必須「由 Odysseus 身上的疤」這個「形式」或「符號」而證實他是 Odysseus。所以，借助什麼符號或信物去「發現」似乎並不是那麼重要（如一、三、四類實際上都是經由符號或信物而導致發現），重要的是劇作家如何經營，使人覺得發現的情境自然、合理，那才是優秀的戲劇藝術；如果顯得「刻意」，就是拙劣的「沒有藝術的發現」了。

圖 35 *Iphigenia in Aulis* 劇照

of Alcinous 中，Odysseus 因聽到豎琴的聲音想起過去而悲泣，因而達到發現。

第四種是由推理而達到發現。例如在 Choephori 中的情形就是：劇中的人物說「有一個像我的人來了。只有 Orestes 像我，所以是 Orestes 來了。」Polyidus 的 Iphigenia 中的發現方式也是如此。當 Orestes 說：「我的姐姐已經被獻祭了，所以我也會死在祭壇上。」在 Theodectes 的 Tydeus 中那個父親說：「我來尋找我的兒子，結果我自己要死了。」在 Phineidae 中當那些女人由場地推斷她們的命運，說：「我們被丟在這裡，這裡就是我們的葬身之地。」另外還有一種混合型的發現是由觀眾的錯誤推論而來，如在 Odysseus Disguised as a Messenger 中，當 A 說：只有 Odysseus 有能力將這把弓的絃扣上‥‥，觀眾便以為 A 見過他彎弓扣絃（實際 A 沒有）。這時觀眾的推論是「最後會由認弓來發現人物的真實身份」，結果推論錯了。

在所有的**發現**方式中，最佳的是來自事件的本身，依因果關係的自然發現才能使人驚奇。例如 Sophocles 在 Oedipus 中的安排，Iphigenia 裡也有類似的情形，因為 Iphigenia 以信傳遞是很自然的行動。只有這種發現不用刻意的信物來達成目的。次之就是經由推理的發現了。

第十七章
劇作家的實用法則

　　在建構**情節**並用適當的**文辭**表達出來時，劇作家要盡可能地在「心眼」前出現情節中的各種場景[舞台景觀]。這樣，他才能像是看到**行動**，才會符合**情節**的發展而不致疏忽事件的連貫。從 Carcinus 的缺失中可以看出這個規則的需要。觀眾因為沒有看到 Amphiaraus 離開神廟的行動，所以對演出非常不滿。[就是劇作家在編寫時沒有在心眼前看到情節的發展，因此遺漏了行動的細節。]

　　劇作家應該盡力善用適當的姿態。因為對情感有深切體驗才能創造出感人的人物；有激蕩的人生體驗才能激發觀眾的心情洶湧，有憤怒生活的體驗才能引起觀眾的怒火。所以，作品意含天才和瘋狂──一方面能真實地**模創**任何人物，一方面能忘我地瘋狂。[這一節應該是指劇作家和演員的修養]

　　至於故事，劇作家無論是採用現成的資料、或是自己構思，他應當先草擬大綱，然後填入事件，補充細節❶。以下用 *Iphigenia* 一劇略示大概 [大綱]：一個年青女孩（Iphigenia）被捉去獻祭，然後她在捉她去獻祭的人們前神秘地不見了。她被攝去另一個國家，那個國家的習俗是將所有的陌生人獻給女神，於是她被指定為女祭司。若干年後她的弟弟（Orestes）來了。他是奉神諭到這個地方來的──那是超出這個劇本的範圍的。所以他的到來不屬於正常的戲劇行動。無論

❶ 這一章非常扼要地說明編劇的步驟，就是劇作家應當：1.草擬大綱，2.填入事件，3.補充細節。現在坊間談編劇藝術的書雖然繁簡不一，大致上不會超出這裡所說的範疇，只是增加了一些項目，較為詳盡。依我個人的經驗，編劇者應該從下列的次序去著手思考怎樣去編寫一個劇本：

1. 我為什麼要寫這個戲？我的創作目標或目的是什麼？

2. 我為誰寫？──誰是我創作的對象？也就是：我想跟什麼樣的讀者／觀眾分享我的人生體驗、感情、心得……？（參考觀眾心理學一類著作）

3. 決定故事背景，有些什麼人物──並為重要人物撰寫「傳記」，內容要包括人物的年齡、教育程度、社會地位、經濟條件、人生觀、宗教、體能、生活習慣、有無野心、家庭狀況等等。人物傳記越詳盡寫起來劇本就會越順手，越會有真實感、越有趣味、自然就越能感人。

4. 決定劇本形式──如寫實、象徵、諷刺、寓言、科幻、超寫實……。

5. 決定使用文體──如兒童、成人有不同的語彙；人物的教育程度也會影響用語習慣。

6. 然後，選擇一個你喜歡的工作場所和工作時間，就可以動筆了。

如何，他是來了、被捉了起來。當他正要被獻祭的時候他表明了自己的身份。這個發現的方式可以是 Euridipes 或 Polyidus 的方式[應該是一好一壞吧。可惜沒有進一步的分析]，在劇中他自然地高喊道：「啊，不只是我姐姐被獻祭，我也是同樣的命運」。他因此[被姐姐 Iphigenia 認出來]而得救了。

然後[填入事件和細節，如]賦予人物名字，再安排個別事件。我們必須注意個別事件要與整體行動息息相關。以 Orestes 的情形來說，他的瘋狂行為使他被捉，在獻祭時他被認出而得救。在劇中這個事件很短，但是這類事件使史詩得以加長。例如 Odyssey 的故事很簡單：一個人離家多年；被海神處罰而孤身流浪。這時候許多來向他太太求婚的人正在耗用他家裡的財富、並陰謀要加害他的兒子。最後，一陣暴風雨將他送回家鄉。他向某些人表明身份，親手攻擊那些求婚者。他毀滅了敵人、拯救了自己。這是**情節**的基本架構，其他就是充實情節的個別事件了。

第十八章
再談劇作家的實用法則

所有的悲劇都包括兩部份：**「糾結佈設」**和**「糾結解決」** ❶。「糾結佈設」常由「開場」的行動和「外在事件」[不直接在戲中發生的事]結合而成，也就是從行動源起到情境轉變間的所有行動。接下去的從轉變開始到全劇結束都屬「糾結解決」。例如在 Theodectes 的 *Lynceus* 中，構成「糾結佈設」的事件包括戲劇行動開始前的事到小孩的被捉，接下去從謀殺、控告、到結束則是「糾結解決」。

悲劇可以分為四類。[1]. 複雜類──重點在情境的逆轉和發現。[2]. 悲情類──如 *Ajax* 和 *Ixion*。[3]. 道德（倫理）類──如 *Phthiotides* 和 *Peleus*。[4]. 景觀類──如 *Phorcides* 和 *Prometheus* 一類[以地獄為場景]。所以，劇作家必須努力結合全部因素；如果不行，也必須盡量容納最重要的部份，去面對今天嚴厲的批評。我們在不同的悲劇類型中一直都有優秀的詩人，而批評家希望出來一個在各方面都出類拔萃的全才作家。

分辨悲劇的最佳途徑是從**情節**入手。有些劇作有相同的「糾結佈設」和「糾結解決」。有的鋪陳得很好，但解決得很糟。應該兩方面都要掌握。

劇作家應該記取一句常常有人說的話：不要將史詩寫成一部悲劇。史詩中情節繁多；但是由於長度的關係，每一部份可以呈現各別的宏觀。可是如果你想將

❶ 這兩個詞的希臘文原義直譯為英文是 Tying and untying，所以有些人中譯做「打結」、「解結」。英譯中較常見的有 Complication and Unraveling 和 complication and development。我依它們在劇作中的作用，杜撰「糾結佈設」和「糾結解決」。

其實即使在希臘悲劇中也不一定完全俱備這樣的結構，後世的作品更不一定。並且在很多戲中的「解結」或「糾結解決」都是主角的死亡。

在 19 世紀後期開始，一般認同的戲劇結構是：

緣起（Exposition）；變承（Complications）；
逆轉（Reversal）；匯合（Ending）
（參閱第十二章「辯解」❶。）

在現當代的戲劇中，有的人根本不理會傳統的「情節結構」，例如有的未來主義、荒謬劇場、表現主義和後現代劇場的戲劇家們，還刻意地去打破傳統劇場的一切慣例。

整部 *Iliad* 編成一個悲劇，結果會使人大失所望。事實
證明：那些劇作家想將整個 Troy[特洛伊]戰爭的故事
寫成一個悲劇（而不是像 Euripides 只選取部份），或
是寫 Niobe 的一生（而不是像 Aeschylus 有所取捨），
不是在比賽中完全失敗、就是舞台效果很差。即使
Agathon 也因此失敗過。然而，在情境逆轉的處理上
他非常成功地得到大眾的讚賞——產生了悲劇效果、
滿足了道德教訓。這種效果來自對一個像 Sisyphus 般
聰明的惡棍之被愚弄，或者一個勇猛的壞蛋之被打
敗。如 Agathon 說的：那是合於情理的。很多事情的
發生可能會與常態背道而馳。❷

　　歌隊應視為演員之一，應是整體的一部份，參與行動
——不要像在 Euripides 劇中的情形，應該像在 Sophocles
的戲中那樣。[亞里斯多德認為在 Euripides 劇中歌隊
只是「無戲劇功能的」插曲，在 Sophocles 的戲中像
是「有戲劇功能的」演員。] 在較後詩人的作品中，
歌隊的演唱與主題的關係之少，就好像這個悲劇和任
何別的一個悲劇之無關一樣。他們只是「插曲」，那是
Agathon 開始的。試問這樣的插曲跟將一段台詞、甚
至一場戲從一個劇作搬另一個劇作中去有什麼不同？

❷亞里斯多德說：Agathon 說的也是合於情理的。我
同意。的確像有人說的：「無例外不成規則。」。但
是頗令人費解的是：亞里斯多德為什麼要要去引述
Agathon 來否定自己的「必然律」和「因果律」的
重要性呢？我認為至少他應該有進一步解釋：

　　1. 劇作家什麼時候要遵守必然律和因果律？

　　2. 什麼時候要超越死的規律？

這才是劇作家（與其他劇場工作者）真正要思考的
戲劇藝術。

圖36「木馬計」中
　　　的木馬。這部
　　　份在 Homer 的
　　　史詩中是沒有
　　　的。電影《木
　　　馬屠城記》綜
　　　合了不同來源
　　　的故事

第十九章
悲劇的文辭與思想

　　除了**文辭**與**思想**以外，我們已經討論完**悲劇**的其他部份。關於思想，更宜在《修辭學》中討論。思想包括語言所表達的一切，可以細分為求證與反駁、感情的激發（如憐憫、恐懼、憤怒等等）、以及誇大或貶抑。很清楚的是：當戲劇的目的是要激起憐憫感、恐懼感、重要性、或因果性時，必須用處理戲劇事件同樣的方法去處理戲劇語言。唯一的差別是：事件應該不需要言詞就能能令人明白，話語的效果必須通過說話的人說出來。如果事情本身就明明白白，就不需要說話者了。

　　現在來談談**文辭**。文辭處理中的課題之一就是「說話的語調」——演員應當是這方面的大師。例如什麼是命令、什麼是祈禱、什麼是敘述、什麼是威脅、什麼是問題、什麼是回答等等。對詩人來說，懂或不懂無關宏旨❶。誰會在乎 Protagoras 對 Homer 的批評，說他的句子「女神，唱出憤怒吧」是命令、而不是祈禱❷。他說：叫一個人去做一件事、或不要去做，那是命令。關於這個問題我們到此為止，因為它屬於別的領域，不屬於詩的藝術❸。

❶ 這話似乎有點武斷。在任何文學中，語態都應該是
　文字藝術中重要的一環，尤其是演唱的史詩和舞台
　上的戲劇。不知道《詩學》的作者為什麼會這樣說。

❷ 就我看過的幾個英譯本和中譯本來說（包括我的譯
　文），上引的這句話可以是命令或祈禱，要看用什麼
　語調來說。（或者從上下文中去體會。）

❸ 就是本章開始時說的「關於思想，更宜在《修辭學》
　中討論。」所以亞里斯多德在這裡只提出戲劇中和
　「說話」最有關係的語調或語態問題。可惜未見深
　入的分析。原因可能是他並不重視舞台上演出的藝
　術，所以對舞台景觀方面也是草草帶過。

第二十至二十二章
文字與文辭

　　第二十章談字母、音節、連接詞、名詞、動詞、音調、字格、句子、片語的形式和一些特點，只是普通的文法常識。第二十一和二十二章談用字和用詞、都是用希臘文為例子來解釋，很難用中文呈現原來的優劣。同時，除了一些例句來自戲劇作品外，內容與戲劇藝術並沒有重要關係。因此這三章在有些英譯本中刪了。我也認為省去也不會有什麼損失，因此就偷懶不譯了。

　　對戲劇中的文字藝術有興趣的讀者，可以參閱拙作《戲劇的味／道》中第一部第二幕（章）。（繁體字版：台北：五南圖書，2007；簡體字版：濟南：山東畫報出版社，2009）

第二十三章
史詩、歷史、悲劇

　　關於使用一種詩律、音步的敘述詩，**情節**的經營應該和**悲劇**一樣，要有**單一、完整的行動**，有開始、中間和結尾。在整體結構上就像一個活的個體，能夠產生它應有的喜悅。它與**歷史**的書寫不同，歷史呈現的不是單一行動，而是一個時期和那個時期中一個人或許多人的事，彼此間不一定有相互關係。例如 Salamis 的海戰和 Sicily 的戰爭在同一時間發生，但是沒有相同的結果。雖然有些事件在時間上是一個接另一個，但是並不會產生單一結果。可是很多詩人都這樣做。如我們說過，和別的詩人比起來，Homer 就與眾不同。他從不企圖寫整個特洛伊戰爭❶。雖然那個戰爭有頭有尾，但是太大了，不容易歸納在單一觀點之下。假定他縮小範圍，還是會事件太多而過於複雜。他只選擇戰爭中的一部份，並盡量選取很多細節來豐富他的作品——例如對各色各樣船隻的描繪。其他[成功的]詩人都是寫一個英雄、一個時期、一個由許多部份組成的單一行動。例如 *Cypria* 和 *Little Iliad* 的作者就是這樣。所以，*Iliad* 和 *Odyssey* 可以提供一個、頂多兩個悲劇題材❷。*Cypria* 可寫成很多個。有八個戲取材於 *Little Iliad*，就是：*the Award of the Arms, the Philoctetes, the Neoptolemus, the Eurypylus, the Mendicant Odysseus, the Laconia Women, the Fall of Ilium, the Departure of the Fleet*。❸

❶ 電影《木馬屠城記》的故事除取材於 Homer 的史詩外，還結合幾個悲劇中的部份情節。

❷ 上面有好幾處和後面的第二十四、二十六章中都說 Homer 的 *Iliad* 和 *Odysses* 情節繁雜，不宜改寫為悲劇。所以這裡說的應該不是指 Homer 的作品。我猜想可能指失傳的著作、或者是原文不完整、作者筆誤等等原因造成解釋上的因難。

❸ 另種英譯說「不只八個」，並且有的譯名也不同，茲錄十個的一種如下，以為參考：*the Judgement of the Arms, Philoctetes, Neoptolemus, Eurypylus, the Begging [of Odysseus], the Lacænæ, the Destruction of Troy, the Return of the Greeks, Sinon, the Troades*。

第二十四章
再談史詩與悲劇

史詩和悲劇一樣有很多類型：也必然是簡單的、複雜的、道德（倫理）的、或是悲情的。除了歌唱和景觀外，其他部份也是一樣，因為史詩也要有情境的逆轉、發現，和受難。還有，思想與文辭也必須藝術。在所有這些方面，Homer 是我們最早、最佳的模範。不錯，他的作品具有雙重特徵。Iliad 同時是簡單的和悲情的，Odyssey 是複雜的[其中有多種的發現]兼道德（倫理）的。還有，他在文辭和思想的成就上都超越其他詩人。

史詩與悲劇的不同在規模和詩韻。關於規模，我們已經有一個適當的標準，就是「首尾要觀點一致」❶。作品的規模要比過去的史詩小，大約相當於一次可以聽完的一組悲劇[三部曲]的誦讀。❷

然而史詩可以有很大的容納量。在悲劇中，我們不可能同時呈現幾條線的行動。我們必須受到舞台行動和演員的限制。但是在史詩中可以同時敘述很多事件。這些事件如果與主題相關，可以加強全詩的宏偉感和豐富性。這是史詩的好處——能同時引導聽眾去不同的地方、用不同的故事來裝飾詩意。可是如果將同樣多的事件塞入一個悲劇，就會使悲劇的演出失敗。

至於詩韻，英雄詩體已經從經驗中證實適合於史詩。如果現在有人用別種詩體、或混合使用多種詩體，一定會格格不入。因為在所有詩體中，英雄體最莊重

❶ 這句話很不明白。Butcher 譯為: "the beginning and the end must be capable of being brought within a single view." Buckley 譯為: "the beginning and the end may be seen at one view."陳中梅和王士儀的中譯是：陳:「可被從頭至尾一覽無遺。」王:「一定要一齊看到它的開始與結局。」事實上，無論是閱讀或看演出，要首尾一覽無遺根本是不可能的事。所以我試譯為「觀點一致」。不知道對否？

❷ Theodore Buckley 譯註中曾經指出 Aristotle 的這段話是自相矛盾的。Butcher 的譯文是 a group of tragedies，但是未見說明什麼是 a group of tragedies？有學者懷疑是指「三部曲」(trilogy)。我同意這個看法。

　　現在尚能看到的唯一完整的三部曲是 Aeschylus 的 *Oresteia*（458B.C.），內容分為：

1. 《亞格曼農王》(*Agamemnon*) ——敘述王后 Clytaemnestra 殺死剛回國的國王為女兒報仇。

2. 《祭奠者》(*Choephoroe* 或 *Libation Bearers*) ——Orestes 殺死母親為父親報仇。

3. 《復仇女神》(*Eumenides*) ——三復仇女神（Furies）追殺 Orestes，最後 Apollo 和 Athena 兄妹二神助 Orestes 贖罪（或淨化）而結束全劇。（圖見「辯解」下頁）。

宏偉，最能接受稀有詞[包括外來語]和隱喻，那是敘述性作品遠勝其他文類的特點之一。就另方面來說，三音步短長格和四音步長短格的詩充滿動感——後者適於舞蹈、前者有助表演。至於將不同詩韻混在一起——像 Chaeremon 那樣，就更荒謬了。所以，從來沒有人用英雄體以外的詩體來創作長詩。就像我們說過：自然本身教我們去選擇最適當的韻律。

多方面受人敬仰的 Homer 獨具慧眼。詩人應該盡量不要「現身說法」[以詩人自己的立場或語調去講故事]，如果他那樣做的話他就不是在**模創**了。別的詩人從頭到尾「現身說法」，極少去做**模創**的工夫❸。Homer 在短短的引言後馬上帶進來一個男人、女人或其他人物，他們無不各有特色，各有個性[以故事中不同人物的獨特身份來表達]。

悲劇要有**驚異**的因素。驚異的效果主要來自「不合理性」。就**史詩**來說：人物不在我們眼前出現，我們有很大的空間發揮我們的想像力。但是如果將追趕 Hector 的行動放在舞台上（希臘軍站著不動，不一起去追趕敵人，Achilles 揮手叫他們退回去），一定會使觀眾哈哈大笑。❹

在史詩中這種可笑的場面不會受到注意。因為每個說故事的人都會投聽眾之所好加油添醋，產生娛樂性的驚異效果。Homer 教其他詩人「機巧地說謊」的藝術。就是邏輯上的**謬誤推理**：在人們的想像中，假如

❸ 應該指只有「寫實」的成分——只有外在形似的「模
　仿」，沒有「創作」的藝術成份。

❹ 這個例子有點奇怪。兩個大英雄的決鬥不要旁人插
　手，在古希臘和現代西方或似乎都很正常，不知道
　為什麼會可笑？有什麼「不合理性」？

圖 37　Apollo 擋開 Furies 的攻擊保護 Orestes

第一件事是真實的，就常會認為第二件事也是真實的。他們也會認為：如果第二件事是真實的，那麼第一件事也會是真實的。但是這是錯誤的推理。換句話說：第二件事的真實性並不表示第一件事就是真實的。例如在 *Odyssey* 中的「洗腳」場景就是。[當時奶媽確實知道 Odysseus 對她說的事是真的（第二件事），她就相信他說的以前發生的事（第一件事）也是真的。實際上第一件事是 Odysseus 編出來的。]

　　所以，詩人要用「合於邏輯的不可能」而不是「不合邏輯的可能」。悲劇的情節必須盡可能不要採用不合理性邏輯的東西。如果萬不得已，也要放在戲劇行動之外，不要放在劇中（如在 *Oedipus* 中，Oedipus 誤殺生父的事件是發生在劇中的行動開始之前）。又如在 *Electra* 中，偽裝的 Orestes 謊說他自己在 Pythian 運動會中死了，或是在 *Mysians* 中 Telephus 殺死叔父後在遠行去另一地方時一路上不發一語，都有違常理❺。如果作家辯說:「不這樣寫情節就毀了。」那是可笑的。根本從開始就不應該去編這樣的情節。但是如果已經寫了，安排還差強人意，我們就應該接受。例如 Odysseus 被丟在 Ithaca 海邊的荒謬事件，詩人[Homer]美麗的文采蓋過了事件的荒謬。如果讓一個差勁的詩人來描述，可能會俗不可耐。行動不緊湊、思想和品格不彰顯的時候，對文詞更要多下工夫。然而，文詞過於華麗會有損思想和品格。❻

❺ Oedipus 的誤殺父親在劇中由追述交代，像電影中的「倒敘」（flashback），這種編劇方法現在已是老套了。另外，Orestes 的說謊、Telephus 的不發一語，不見得不合情理。除非亞里斯多德當時看到的劇本和我們現在看到的不同，否則我覺得這裡的說法很難令人信服。

❻ Peter Brook 在 *The Empty Space* 中也說：文字過於雕琢、文雅（refined）常會有損戲劇的真實感和力量。他主張戲劇必須具有生活中的樸實粗勁（rough）與神聖（holy）的本質。這一點非常值得一些愛舞文弄墨的作家們記取。

圖 38　儺戲劇照──似頗有 Brook 所
　　謂生活中的粗勁、神聖的素質

第二十五章
批評的藝術

　　關於**批評**的責難和解答，我們或許可以從問題的性質加以分析。❶

　　像畫家或其他藝術家，做為一個詩人，他**模創**的事物不外下述三種中的一種：[1].過去或現在的真實事物，[2].傳說或憶想的中事物，[3].應該那樣或這樣的事物[理想的事物]。表達的載體[媒介]是語言——流行語、稀有詞、隱喻，還有許多經詩人修飾過的語言。應該補充說明的是：詩和政治有不同的用語標準，其他藝術也是如此。就詩的本身說，最能接受稀有詞和隱喻。在詩的創作中可能會產生兩種缺失：[1]. 詩的本質——如果詩人選擇模創某事物時因才能不足而未能成功，那就是詩在本質上的失敗。[2]. 如果失誤是由於不正確的認知——如描寫一匹馬同時伸出兩條右腿、誤用醫學或其他藝術的術語等，就不是詩本質上的缺失。這應該是我們回答批評者提出的諸多疑難的著眼點。

　　首先來看看詩藝本身的問題。如果詩人描寫不可能的事物，他就要為過失負責。但是，如果他因此達到藝術的目的——就是因此達到某種更驚人的效果，那就不算是錯誤。例如對 Hector 的追逐就是一個可以討論的個案❷。不過，如果不要違反藝術準則也能完成同樣或更好的效果，那麼這樣的失誤就是犯錯了。詩人應該避免任何錯失。

❶ 這一章中好些句子的語態好像是為詩人和劇作家辯
　護，在教導批評家該如何如何。這和上面全是從創
　作方法的立場來談悲劇的模創，很不一致。我覺得
　這一章可能是亞里斯多德、或別人後來加的，所以
　在立場和觀點上發生與全文有欠一致的問題。

❷ Hector 的追逐情形見上章內文和辯解❸。

圖 39　Hector 與 Menelaus 的格鬥

再說一次：我們要考慮「錯誤是在詩的本質」、還是「意外的疏忽」？「畫虎不成反類犬」[詩的本質]的錯失比「不知道母鹿沒有角」[意外疏忽]更為嚴重。

如果有人批評描寫與事實不符，詩人或許可以這樣回答：「我是描繪應該有的樣子」；就像[戲劇大師]Sophocles 說的：他筆下的人物是他們應該有的樣子；而 Euripides 則寫真實的人物。如果呈現的不屬於上述的兩種，詩人可以回答說：「這是人們說的樣子」（例如傳說中的眾神）。這類故事很可能不會比「事實」[我們看到的]更真，也不是事實；很可能就是 Xenophanes 描述的那種樣子。還有，有時一個描述不符合一般事實，但是它的確發生過——像一個關於兵器的命令：「矛柄尾端著地豎立。」這是當時的習慣，現在 Illyrians 人也是這樣做。

在檢驗某某人說的或做的是否合於詩的藝術時，我們絕對不可以只就「某一句話」或「某一個行動」來決定好壞；我們必須考慮是誰說的或做的？對誰說？什麼時間說？怎樣說？有什麼目的？等等。例如：詩人「這樣做」是否為達成更佳的效果、或是避免更糟的壞處？

其他的責難可以從語言的變化來思考。

[本文譯者：接下去是一些希臘文的例子，大致上可分為：1. 一字多義被誤解；2. 發音近似被誤解。Aristotle 認為這些都不是詩人的錯誤。]

❸ 我認為這種為詩人「自衛」的理由有點勉強。即使是刻意使用的「雙關語」，作家也必須考慮它會不會有被誤解的可能。尤其是劇作家，因為在劇場中的觀眾是在「聽對白」，並且只能依演員「說」的速度聽一次。劇作家怎麼可以不注意呢？

　　我曾經在現代劇作中讀到過一些雙關語，其中很多都是「看文字相當明白」，但是「說起來卻聽不明白」。值得編劇工作者注意。

　　一般而言，為作品中寫的「不可能的事」辯解時，詩人必須提出下述三方面的理由之一：藝術的需求、超越真實的理想、或已經為大家接受的意見。關於藝術的需求，詩人要用「合於因果邏輯的不可能」、而不要用「不合因果邏輯的可能」。[《詩學》中一再重複的這個概念深深地影響後世的編劇和戲劇分析。]或許像 Zeuxis 畫的人物並不存在，但是我們可以說：「對，『不可能』是更高的層次，因為理想必須超越現實。」當詩人們為不理性的情形辯護時，可訴諸一般說法。像是說：「有時候事情的發生可能會與合理性背道而馳。」然而，我們力勸作家們在使用不合理性的事物時、不要破壞一般性的推理邏輯❹。

　　聽起來矛盾的東西應該用辯證法則來檢驗，就是：它們是否指同一件事？關係是否一樣？意義是否相同？評論者最後「對、錯」的判決應該參考詩人自己的辯解、或者智者的看法。

　　同樣地，不合理性的部份會損害品格，如果它們的出現沒有藝術上的內在需要，應該受到批評，就如 Euripides 讓 Aegeus 出現的情形，或者在 *Orestes* 中 Menelaus 的邪惡。

　　由此可見，批評者的意見來自五個源頭：不可能、不理性、有傷風化、自相矛盾、有違藝術。詩人可以從上述十二點來加以解答❺。

❹「合於因果邏輯的不可能」——例如像灰姑娘的童話
故事中南瓜變成馬車、老鼠變成拉車的馬等等，在
真實生活中都是「不可能」的，但是因為我們相信
神仙有神奇的法力，使得這種「不可能」成為「可
信的」邏輯變化了。

　「不合因果邏輯的可能」——例如生活中遇到的許多天災
人禍——像好人死於車禍、洪水等意外事故，天天都在發
生，可是如果沒有合於「因果邏輯」的事件加以結合，
不容易引發憐憫、恐懼的情感，就不會構成令人感動的
情節。　（有關情節變化因素，參閱第七章辯解❶、
❸、第九章辯解❷、第十二章〈悲劇的組織〉本文
和辯解❶、附錄中依「開場」、「中間事件」{包括「逆
轉」與「發現」}和「退場」分段敘述的 *Oedipus the
King* 情節大綱。）

❺ 這裡所說的 12 類批評和答辯原則是什麼，在文中並沒有
明確的界說。有學者依文義歸納出更多的類別。比較明
顯的有：1.詩人的藝術修養；2.意外的缺失或認知；3.事
物的原本；4.世人的看法；5.史實；6.情境的考慮；7.語
言的歧義、隱喻語、稀有語、外來語；8.語音的問題；9.
理想的的真實；10.辯證的真實。

第二十六章
悲劇與史詩的比較

　　可能有人會問：**史詩**和**悲劇**那個比較高明？如果說越優雅的越好（所謂優雅就是高雅的觀眾所欣賞的藝術），那麼，什麼素材都隨便採用的藝術就明顯的是最不優雅了。一般認為這類作品的觀眾很遲鈍，只有當表演者手舞足蹈時他們才能欣賞，就如同差勁的橫笛表演者在演奏時像 *Scylla* 中的「擲鐵餅者」那樣扭著身體、或是靠向歌隊主唱者。有人說悲劇也有這種缺點。正如後輩演員和前輩演員的比較。[老演員]Mynniscus 曾經譏諷[後起的]Callippides 像「猿猴」，因為他的動作過分誇張；演員 Pindarus 也曾受到同樣的批評。整體來說，拿**悲劇**與**史詩**相比就像拿年青演員與老演員相比。所以有人說：史詩的對象是有修養的聽眾，他們不需要肢體動作的幫助。悲劇的對象是較低的大眾，所以不太優雅，因此在兩者中很明顯的比較差。

　　首先，我們要知道這種貶詞不是指詩人、而是指表演者。在史詩的吟誦中照樣可能有誇張的肢體動作，例如 Sosistratus；又如 Mnasitheus 在抒情詩吟唱比賽時的情形。進一步說：不是所有的動作都不好──就像舞蹈一樣──只有差勁的表演者才會那樣。如以前的 Callippides 和現在的一些表演輕浮女人而被批評的演員❶。[似乎含有道德標準。由此亦可感到他們輕視喜劇的部份理由。]還有，和史詩一樣，悲劇甚至不用動

圖40　擲鐵餅者

❶ 這種以「演員所扮演人物的社會地位」來評斷演員
的好壞，在過去似乎是相當普遍的泛道德現象，例
如我們以前稱演員為「戲子」就是一種輕視的稱呼。
就表演藝術本身來說，如果一個演員將一個壞蛋演
得出神入化，就是一個優秀的表演藝術家。

作、只是閱讀，也能產生它的效果，展現它的力量。那麼，如果悲劇在所有其他方面都更為優越，我們就可以說：這些缺失並不是先天性的。

悲劇之更為優越是因為：[1] 它具有所有史詩的元素——它甚至可以用史詩的詩韻——並且也可以附有音樂和景觀的效果，帶給觀賞者最最生動的喜悅。[2] 並且無論閱讀或舞台演出，這樣做都能產生鮮明的效果。[3] 還有，將事件和行動集中於較小的範圍，趣味性會比較強；因為範圍越大、時間越長，趣味會被沖得越淡。舉例來說：如果將 Sophocles 的 *Oedipus* 用跟 *Iliad* 一樣大的篇幅來描述，結果會如何？[自然會淡而無味。] [4] 再說：史詩比較沒有整體性（unity），一部史詩的內容可以做為多部悲劇的題材，從這一點就可證明。因此，劇作家選用的故事本身要有嚴密的結構，敘述時必須言簡意賅。如果一個悲劇寫得與一般史詩那樣長，就會變得平淡無力。（這樣的長度也會有損情節的完整。）如果一個詩人用寫悲劇般的單一行動來寫史詩，一定會顯得被切短了；我的意思是：當一個情節由幾個行動組成時，就會失去整體的統一性。就像 *Iliad* 和 *Odyssey* 那樣，非但有許多不同的行動、並且每個行動各具獨特的宏觀。（不過，這兩部史詩在結構上和行動上都已經做到可能最好的統一性了。）❷

因此，假如悲劇在上述各方面都比較優越，並且能

❷《詩學》就要結束了。但是我個人覺得亞里斯多德對某些問題還沒有說明白，例如全書中特別強調劇作家必須遵守的「必然律」和「因果律」，最後也自我推翻。他在第二十五章中說：「對，『不可能』是更高的層次，因為理想必須超越現實。」關於大小，他在第七章中說：「如果沒有宏大到看不明白，則越宏大越美。」在這最後一章中說：「將事件和行動集中於較小的範圍，趣味性會比較強；因為範圍越大、時間越長，趣味會被沖得越淡。」這些話單獨看都很好懂，但是一起看就令人有點頭痛了。

　　從某個角度看，這書好像是為初學者提供的戲劇知識大綱，從另一角度看，又像是一本非常深奧的秘笈。或許，令人看得似懂非懂的理論或論述最能引人「就範」和妙想天開。《詩學》並不是唯一有這種特性的「有字天書」。

　　曾有學者指出：亞里斯多德的《詩學》雖然不是一部「有完整系統的理論」，但是卻是研究文學與戲劇的人必須須讀的書。

　　你認為如何？

更成功地完成藝術使命——如我們說過的：每種藝術各俱獨特的（而不是任何碰巧得到的）趣味——。所以，從**模創**的目的來說，悲劇明顯的比史詩更好，更能有效地達到它的目標。

以上關於悲劇和史詩的本身、構成的部份和類型、好壞的形成原因、批評的責難和答辯等等，應該說得足夠明白了。

（《詩學》全文完）

美序譯、辯於台北，2009 春定稿

圖 41　Odysseus 揚帆歸鄉

附　錄

黃 美 序 著

Iliad, Odyssey, Oedipus
　　情節簡介

試 析 藝 術 的 形 、 神
　　——模仿？創作？

中 西 悲 劇 探 幽
　　——淨化？補償？

Iliad, Odyssey, Oedipus
情節簡介

　　亞里斯多德在《詩學》中一再地用這三個作品，做為實例來解釋他的一些觀點或理論，為方便不熟悉它們內容的讀者參考，特將它們的情節加以簡單的介紹。

　　Iliad 和 *Odyssey* 相傳為 Homer（荷馬）所作，是留傳下來最古老的希臘史詩，全長都是 24 卷（Books）用詠唱的方式表演。（簡介中的 I, II, III 等表示卷次）

Iliad（《伊里亞德》）：

I.　希臘祭司 Chryses 向聯軍統帥 Agamemnon（以下簡稱「亞」）贖回女兒，被拒，Achilles 出面幫助，亞說如果 Achilles 同意將他的侍妾來交換，他就答允。Achilles 大怒而宣佈退出戰爭。

II.　天帝 Zeus 托夢給亞，騙他說希臘軍即將攻陷特洛伊城（Troy）。亞卻向全軍說他們要放棄戰爭回希臘老家去，以為大家不會同意，結果是大家一聽馬上去準備回家。最後亞的謊言被道破。

Ⅲ．Paris（Helen 情人）向 Menelaus（Helen 丈夫）單挑，P 敗，亞要求特洛伊依諾言投降。

Ⅳ．亞在演說時 Menelaus 被 Pandarus 暗箭所傷。

Ⅴ．Pandarus 被殺。

Ⅵ．特洛伊統帥 Hector 一面要城內女子求神寬恕 Pandarus，一面與 Paris 出城攻擊希臘軍。

Ⅶ．Hector 與 Ajax 單挑，戰成平手，各退回本營。

Ⅷ．Hector 準備攻擊希臘營。

Ⅸ．希臘軍派代表請 Achilles 回來參戰、被拒。

X-XI．希軍 Diomed、Ulysses 和亞夜襲特營,結果三個將領均受傷。

XⅡ-XⅢ.兩軍交戰，雙方都傷亡慘重。

XⅣ-XV．海神 Poseidon 在 Zeus 入睡時暗助希臘軍，被責；太陽神 Apollo 則幫助特軍，結果希臘軍大敗。

XⅥ-XⅨ．Patroclus 冒充 Achilles 出戰，被 Hector 所殺。Achilles 為報仇而回軍參戰，並與亞和好。

XX-XXⅡ.兩軍繼續大戰，眾神也分別暗助雙方。結果特洛伊軍敗退域中，但是 Hector 在入城前被 Achilles 殺死。

XXⅢ.希臘軍舉行焚燒 Patroclus 屍體的葬禮。

XXⅣ．特洛伊老王 Priam 往求 Achilles 歸還 Hector 屍體。全詩在哀悼 Hector 的葬禮中結束。

圖 42　Achilles

為　Patroclus

療傷

Odyssey（《奧德賽》）：

I.　Odysseus（以下簡稱「奧」）從特洛伊戰爭結束後
　　要回家鄉 Ithaca 時，中途得罪了海神 Poseidon，受
　　海神的懲罰開始流浪。

II-IV.奧之子 Telemachus 出國尋父，他先至 Pylos 向
　　Nestor 求助，再到 Sparta，得知父親在 Calypso 島。

V-VIII.這時，奧正離開 Calypso，遇上海難而漂流到
　　Phaeacia，被公主 Nausicaa 所救帶回宮中，受到國

王 Alcinous 的 款 待。

IX-XII.奧在宴會上講述
他離開特洛伊後途中
的種種遭遇：如何遇到
Lotus-eaters, Cyclops,
Polyphemus,以及 Hermes
神 如 何 幫 他 沒 有 被
Circe 變成豬，如何下
到地獄，如何躲過海妖
Sirens 的誘惑等等。

圖 43 Odysseus 與 Circe

XIII.Alcinous 給他一艘船，他化粧成一個乞丐坐船回
鄉去。

XIV-XVI.奧回到 Ithaca 在 Eumaeus 家借宿時遇到兒子。

XVII-XIX.奧回宮時因為腿上的疤被人認了出來。

XX. 奧目睹宮中的混亂情形。

XXI. 他太太 Penelope 為逃避求婚者，聲言要等她編
織好一件壽衣給她的公公（另說是一幅掛毯），才
能答允選擇嫁人，於是她白天織，晚上拆。但是
在計劃被拆穿後她說誰能拉開她丈夫的弓，就嫁
給誰。結果沒有一個求婚者能夠做到，被一個陌
生人（即化粧的奧）拉開了。於是，奧的身份也
曝光了。

XXII-XXIII.奧打殺了那些求婚的人，夫妻團圓。

XXIV. 奧往訪老父 Laertes，全詩到此結束。

附註：很多學者專家認為中國沒有出現過長篇史詩。其實藏族的英雄史詩《格薩爾》或《格薩爾王傳》長度遠超過 *Iliad*、*Odyssey* 和更長的印度史詩 *The Mahabharata*《摩訶婆羅多》。現在青藏還有藝人能詠唱 150－200 部《格薩爾》。這部作品大部份已經整理出版（有藏文、漢文，其中部份也已經有英、德、法、俄、印度文版），並有錄音資料。我在 2000 年 8 月初在西寧參加「海峽兩岸崑崙文化考察與學術研討會」時，曾有幸聽過老藝人的一段演唱。有興趣者可洽「青海省《格薩爾》史詩研究所」。

Oedipus the King （《伊底帕斯王》）

下面的劇情是依第十一章「情節的變化」和第十二章「悲劇的組織」分段，方便參考。（關於這戲的詮釋中英文資料都很多，不妨先參閱附錄中「中西悲劇探幽」和拙著《戲劇的味／道》中相關各節。）

開場：伊底帕斯王（以下簡稱「**伊**」）接見請願的人民，說他早知道國內瘟疫橫行，所以已經請 Creon（簡稱 **C**，是王后的兄長）去請求神諭指示，這時 **C** 上場，**伊**要他立即當眾宣布。於是 **C** 說：神諭說必須放逐當年弒死老王 Laius 的兇手，瘟疫才會平息。**伊**承諾他會像為自己的父親復仇那樣努力去找出兇手將之放逐。（註：這時知道老王就是伊的生父的觀眾很可能會大笑或暗笑——這種「悲劇中的喜劇性調劑」英文稱為 comic relief）。

於是戲劇行動開始改向「追兇」進行。

分場事件：

1. 於是他們依習俗請來了（瞎眼的）先知。先知起初不肯說，**伊**生氣地罵他根本是個騙人的東西，否則當年 Sphinx 為害的時候他怎麼不知道

圖 44 Oedipus 與 Sphinx

那個謎語的答案。先知也生氣了說**伊**就是那個
殺老國王的兇手。吵到後來大家都失去理性，
伊甚至說先知一定是和 **C** 合謀想奪他的王位。

（**那個謎語是**：什麼東西早上一條腿走路，中午兩條
腿走路，晚上三條腿走路。答案是人——嬰兒時手足
並用地爬，長大才會用兩條腿走路，老了要用拐杖幫
助。）

2. 吵鬧驚動了王后 Jocasta。王后出來得知吵鬧的原
因後安慰**伊**說，神諭不可盡信，並說當年有神諭
說她和 Laius 的兒子會弒父娶母，可是孩子早就
死了，並說：據一個唯一的生還者說老王是死在
一群強盜手中。皇后的敘述使**伊**想起當年他在途
中殺死一個老人的情形，開始懷疑，立刻要去把
那個生還的人找來。

3. 「**逆轉**」（reversal）：正在這時，一個使者來見**伊**，
說 Corinth 的老國王去世了，要**伊**回去接任王位。
伊猶豫不決。原來**伊**當年逃離 Corinth 就是因為
神諭說他會弒父娶母，現在老王雖然已死，王后
還在。使者於是對他說：國王王后都不是他的生
身父母。這時，那個生還者也到了，使者一見就
說：就是他把那個嬰兒交給他的。（使者的好意
變成鬼使神差的追魂者）

4. 「**發現**」（recognition）　於是，第一個明白真相的
皇后衝進宮中自殺，目擊者出來對**伊**（和其他在

場的人）報告王后的自殺情形，於是**伊**也衝進宮內去了。目擊者再度上場，描述**伊**如何痛不欲生，最後拿王后頭上的釵子刺瞎自己的雙目。

（註：在古希臘劇場上，所有流血的殘暴事件都不在台上演出、而是經由目擊者口述出來。原因可能是宗教禁忌或舞台技術的關係，或者由於劇作家的愛賣弄文字──文字的力量有時會勝於具象的事物。有時當敘述者在報告死亡經過時，同時將屍體由一種叫做 *ekkuklema* 或 *eccyclema* 的「活動景車」推出來放在台上，以加強效果。）（參考圖 8「希臘古代劇場結構重建圖」）

退場：接著，**伊**兩眼流血地上場，懇求 **C** 好好地照顧他的子女，並依承諾自我放逐。最後歌隊唱出：

…你們看看現在的他跌入怎樣可怕的苦海之中！
所以，當我們還沒有看到命運的最後日子，
當我們還沒有跨越生命的邊界脫離苦海，
我們凡人決不能自認是幸運之子。

（譯自 English translation by R. C. Jebb）

（註：有的學者依亞里斯多德在第十二章中說的：「退場詞」是全劇的結尾，在它之後也沒有歌隊合唱了。認為最後這段歌隊的詞不是原劇的文字，是後人添加的，加以刪去。）

圖 45 Oedipus 瞎
　　眼後自我放
　　逐，要人領他去
　　流浪

試析藝術的形、神
──模仿？創作？

見山是山，見水是水。

見山不是山，見水不是水。

見山還是山，見水還是水。

研究戲劇發展史的大部分學者同意戲劇的起源有兩種可能：一.**遊戲**；二.**祭典**。遊戲與祭典儀式含有一項很重要的相同因素：**模仿**──生活形／質的模仿。

在日常的用語中，模仿就是「依樣畫葫蘆」。不過，在我們談藝術創作時，大家都會認為「依樣畫葫蘆」沒有創意，不是藝術。那麼，模仿與創作之間到底有沒有關係呢？很多人可能都聽過下面的兩個故事：

故事一： 從前在一次繪畫比賽中，評審對其中的兩幅無法做最後的決定。這兩幅作品畫的都是葡萄。於是他們把畫掛起來（大概是在室外）仔細評品。這時突然有一隻小鳥飛過來撲向一幅畫中的葡萄，於是大家決定把首獎頒給這幅畫的畫家，因為他畫的葡萄太好了，連小鳥都分不出真假。

故事二： 唐開元年間教坊中有一位名叫公孫大娘的
名妓，善於舞劍；僧人懷素、張旭都是草書
名家，看了公孫大娘的舞劍，體悟了她舞劍
的頓挫之勢，使他們的書法越來越精妙。

故事一中畫家畫的葡萄連小鳥都以為是真的，他做到
了與原物一模一樣的**「亂真的模仿」**；故事二中的兩位
書法家顯然不是把字寫得和舞劍一樣，而是呈現公孫
大娘舞劍的神韻。這兩則故事暗示模仿可以有不同的
類型或層次。我們現在暫稱畫葡萄的模仿做**「形似的
模仿」**，懷素、張旭的模仿為**「神似的模仿」**。但是在
做進一步討論這兩種模仿之前，我們宜先瞭解一下這
兩則故事中涉及的**模仿媒介、技術、與模仿／創作者**
（以下簡稱**「模創者」**）**的心靈活動**方面的問題。

不管是「形似的模仿」或「神似的模仿」，模創者
都必須先「工欲善其事，必先利其器」，掌握模仿的媒
介和技術，如劇作家、詩人、小說家必須先做到對文
字運用自如的能力，才能寫出好的作品；畫家必須先
掌握線條、色彩的運用；音樂家必須先俱備嫻熟運用
聲音（人聲與樂器等）的本領。

在模仿與創作的過程中，模創者還常常要面臨一
個難關——形／神的**「轉換」**（transformation）或**「重
現」**（representation），如懷素等兩人把舞劍的神韻轉

換成寫字的神韻。以劇作家來說，他們必須知道如何把立體的人、事、物、或抽象的意念，轉換成平面的文字（或者說用文字來「重現」他們的所見、所聞、所思、所感等等）；就劇場工作者來說，要懂得怎樣用演員、佈景、燈光、服裝等劇場元素，把劇作家的文字意象再轉換成一個立體的世界。「轉換」應該是技術，也是藝術。換句話說：如果劇作家沒有成熟的操縱文字的能力，就無法成功地重現他的心中的意象、感情、思想，創作出優秀的劇本。

與藝術創作有密切關係的還有藝術家在模仿和創作時的心靈活動——**觀察力、想象力、領悟力、聯想力、組織力**等所融成的所謂「**靈感**」或「**靈視**」（vision），它們也是決定作品成敗的重要因素。看過公孫大娘舞劍的書法家應該不只懷素、張旭兩人，但是只有他們能從她的劍勢中領悟到與草書相通的精神。多少人看過落日、變幻的雲彩、月亮、流星，但是有幾人能感悟到、並描繪出像下面這樣動人的情境？

歐雲吞落日／弓月彈流星（沈復《浮生六記》）。

許多年青男女都有在月下談情說愛、山盟海誓的經驗，但是一般情侶只會用「愛情像月亮」來自我歌頌；好像只有莎士比亞觀察到月亮每個月都會有圓、缺的現象，為茱麗葉和羅密歐的月下盟誓增添妙趣。她對

羅密歐說：

> 哦，不要用月亮發誓，那個善變的月亮，
> 每個月都會在她的軌道上會變來變去‧‧‧‧
> (O swear not by the moon, th' inconstant moon
> That monthly changes in her circled orb ....)
>
> (*Romeo and Juliet*, II, ii)

這是沈復和莎士比亞形神兼顧的創作。

　　接下去我想套用禪宗「見山是山、見水是水，見山不是山、見水不是水，見山還是山、見水還是水」的境界說，與模仿／創作的類型試加配合，試將戲劇藝術的模仿與創作加以解說。我想先從比較「易見」的繪畫、攝影等平面藝術說起，然後進入戲劇藝術的試探。

見山是山（形似的模仿）

　　形似的模仿是最基本的模仿，如小孩子從大人那裏學習語言與動作，小學生學習寫毛筆字時要先一筆一筆地從描紅做起，然後臨帖；學美術、繪畫的學生開始時要寫生、畫石膏像、臨摹前人名作。他們都是**先從模仿中去練習表達的技巧**。成功的「模仿」或「創作」都不可能一步登天，模創者必須有長時間的磨練才能完全掌握傳達媒介，也不是每個人只要苦練就能成功。而且，形似的模仿也不是千篇一律，大致上可

以再細分為下列幾個類型或層次：

形似平面藝術

如人像照片、風景，又可依性質分為：

1. **直接模仿自然、實物**──如上面引述的葡萄畫作。
   證之於古代名家繪畫，這種追求形似的「亂真的
   模仿」在過去必曾是許多藝術家追求的目標之
   一，現在仍有人把這類模仿視為藝術創作，因為
   在這種模仿中，模創者也必須有相當的技巧才能
   完成上述的「轉換」工作。

2. **模仿前人的作品**──也就是所謂的「臨摹」或「仿
   作」（如假畫）等，這種模仿即使做到「亂真」
   的程度，它的藝術價值和價格仍會遠不如上一類
   的模仿，因為在這種模仿中工作者不需要做「轉
   換」工作。。

3. **機械式的「複製」**──在科技進步的今天，複製
   技術（如影印）日新月異，由科技產生的複製品
   在我們生活中占很大的成分，如假的珠寶、皮
   毛、名畫、雕塑等等。最不「稀罕」了。

形似的戲劇藝術

如許多二、三流的寫實劇與歷史劇，作者依預定方
向或目的（像歌功頌德或打落水狗），將一些資料加以
選、拼、加上一些人云亦云的道德教條或褒貶之詞，

形式與內容都只會因襲前人，了無新意。

話說回來，純形似的模仿也不是都是「一無是處」，完全沒有價值。「人工」的亂真模仿在今天仍有不少人欣賞。優秀的技巧本身也常常會受到一些觀賞者的讚美。例如很多人喜歡看精彩的馬戲團表演、球賽、運動、功夫電影、歌廳和電視綜藝節目中的模仿秀、相聲等等，都證明精彩的純技巧表現也是「稀有」的、不是什麼人都會的，所以也能帶給我們感官上的享受和娛樂，只是不會為重視創意的藝術家和觀賞者做為「藝術品」去珍愛。

就另一個角度來看，科技的進步使得「複製」成為輕而易舉的工作，也逼使藝術家不再追求單純的形似，而強調自我的創新。以攝影的興起為例：彩色照片的普及化，使企圖「亂真」的繪畫無法與之競爭，所以繪畫不得不另創新徑。即使攝影家本身也轉向暗房技術、或更新的電腦合成技術，依創作者自己的「心意」去改變景物的「原貌」。「寫實主義」（Realism）和「自然主義」（Naturalism）最先追求的「照相似的寫實」（Photographical Realism）的熱潮，不久就被「心理寫實」（Psychological Realism）所取代，更進一步演變出如「達達主義」（Dadaism）、「超寫實主義」（Surrealism）、「表現主義」（Expressionism）等更偏向傳達創作者心靈與自我意念的流派，應該都是藝術家追求創新的表現。

　　當然，追求心靈與精神境界的藝術並不是科學興起以後才有的。中外古今很多自我要求高的藝術創作者，在掌握表現的技巧後，都不願停留在照相似的寫實、而邁向神似的追求。

見山不是山（神似的創作）

　　「神似」被大家認為是藝術創作上很高的境界，例如我國的許多書畫鑒賞家常用「神品」來稱讚他們認為最好的藝術。但值得注意的是：如果藝術家過分追求個人的「心靈意象」，雖然創作者自己覺得他的作品非常「傳神」，但是對觀賞者來說，常常不是「曲高和寡」、就是「令人看不懂」，不會「長大」。例如：

神似平面藝術

　　如一度流行的抽象畫：因為過分將「形相」誇大、扭曲、變形，叫人看不懂，所以很快就「消失」了。

圖 46 Hans Hartung 素描（Drawing，1947）。你「猜」得出來這是在表達什麼嗎？

神似戲劇藝術

如果說「見山是山」的戲劇是「演人像人」的戲劇，「見山不是山」的戲劇是將舞臺上的呈現過度抽像、扭曲、變形，如某些象徵主義、達達主義、前衛劇場、表現主義、後現代主義的作品。

有些象徵主義的舞臺設計者，常常只顧到他們個人「直感」到的劇本的「氣氛」（atmosphere），或者說他們的「心象」，將場景做得巨大無比，誇大光、影的效果，遠遠壓過演員的重要性，如曾有人在製作馬克白（Macbeth）勝利歸來在山中遇見女巫的一場戲中，舞臺上只見巨石和大霧，便無法為一般大眾接受。（參閱 Mordecai Gorelik，*New Theatres for Old*。）

現在我們來看看一出「未來主義」（Futurism）的作品《這裏沒有狗》（Francesco Cangiullo, *There Is No Dog*, 1915）。這出戲很短，試譯全劇並附英譯版如下：

《這裏沒有狗》
夜的合成

人物

他，不在這裏。

夜晚的路上寒冷淒涼。

一條狗橫過街道。

幕下

There   Is   No   Dog
Synthesis of Night

Character
HE WHO IS NOT THERE.
Road at night, cold, deserted.
A dog crossed the street.
CURTAIN
（錄自 Michael Kirby, *Futurist Performance* 252）

　　「不在這裏」的人物怎樣表現？「一條狗橫過夜晚淒涼的街道」代表什麼？很難「體驗」吧？下面再來看看一出早期的「超寫實主義」（surrealism）劇作《水鳥優裏修斯歷險記》（*The Odyssey of Ulysses the Palmiped*，1924）中的結尾語：

　　　　沒有肉身的優裏修斯正對著一片甘藍菜的葉子憂傷地流著口水，甘藍菜葉上有三隻淺藍色的蝸牛高興地隨著「飛走吧，小小鳥」歌曲擺動他們的觸角——永遠永遠。精神恍惚的優裏修斯很想描述他的完美的天國福祉。

　　　　但是他沒有辦法。

　　　　然後

　　　　　幕下

　　　　（譯自 Michael Benedikt 英文版）

　　如何呈現「沒有肉身的優裏修斯正對著一片甘藍菜的葉子憂傷地流著口水」呢？‥‥劇作家自己心裏可能非常清楚，但是我不知道有多少讀者／觀眾會——或能夠——欣賞這樣的戲劇作品？太過「傳神」了！

見山還是山（形、神兼具的創作）

　　如果藝術家呈現的形式只能被少數人瞭解，他的作品恐怕不可能會流傳廣大、遠久。如達達主義的東西、某些現代的抽象畫，現在多只能收藏在美術館或博物館裏。我認為**好的藝術都應該形、神兼具**，要傳「神」、又要不失去多數人可以感受、辨識的「形」才對。如上述的懷素的草書，是在字的基本「形」中求變化；「獸雲吞落日、弓月彈流星」所呈現的意象，更是建立在大家熟悉的自然景觀上。「獸雲」「落日」「弓月」、「流星」中的「獸」和「弓」是生活中可見的「形」，「落」、「流」、「吞」、「彈」的動作也「化自」我們生活中的經驗。劇場藝術更必須有相當程度的寫實（與真實生活的形似）成分，才容易與觀眾產生共鳴。現在我們再來看看一些形神兼具的例子：

形／神兼具的平面藝術

　　如名畫家筆下的肖像；印象派大師塞尚（Cezanne）、莫內 (Monet) 等名家的靜物、風景；懷素、張旭的草書；張大千的墨荷與潑彩山水。（我想在

這裡插播一段話做為補充說明。我曾經聽一位畫家說：寫生的作品畫得和實物一模一樣而沒有「寫出生命」，那就只是一種練習，不是藝術。畫筆必須不要受肉眼看到的東西所限。藝術是傳其神，不是只傳其形。（藝術家必須傳達「心眼」所見的「神」。）

圖47　Chagall 的 *I and My Village*，屬早期超現實派（Surrealist），雖然不是很好的形神兼俱的示範，但畫中的人是人，動物是動物；然而特殊大小、正倒的「變形」構圖（特大的牛頭與人頭相對，牛頭中又有人在擠牛奶、房屋、農夫和女人，都有正、有倒），加上簡單色彩，亦真亦幻（real and unreal）地呈現出畫家心中的故鄉情懷，提供一種超越的審視觀點

形／神兼具的戲劇藝術

　　劇場上的演出必須要很快地被觀眾看懂，才會被接受。當然也不應該是「一目了然」，而是有相當易懂的成份來吸引他們。真正優秀的作品含義深遠、意象豐富、猶如寶山，應該是值得一看再看、細細品嘗的藝術。即是說：在舞臺上呈現的一切必須有相當「通

俗」的成分——與觀眾日常生活中的見聞有關的元素、不難辨認、不難瞭解的「意」與「形」。例如下錄《教育》（Angelo Rognoni，*Education*）一劇：

《教　育》

一間教室

教　授　（30 歲。他正在授課）：但丁是一位
　　　　偉大的詩人。他寫了《神曲》和……
　　　　（燈暗幾秒鐘）

教　授　（40 歲。聲音無精打采）：但丁是一
　　　　位偉大的詩人。他寫了《神曲》和……
　　　　（燈暗幾秒鐘）

教　授　（60 歲。像是在放留聲機）：但丁是
　　　　一位偉大的詩人‥‥

小學生　（打斷他）：為什麼？

教　授　（驚惶失措）：書上就這麼印啊。坐下
　　　　不要講話。但丁是一位偉大的詩人。
　　　　他寫了…

（幕下）

（譯自 Michael Kirby, *Futurist Performance*，301）

這也是「未來主義」的劇作，並不是一個很好的形神兼具的實例，但是劇中有我們熟悉的「形」（在真實生活中的確有這樣的教授），也有一點點「神」（誇大或抽離性的表達方式）所以我們不難瞭解劇作家通過這樣的一個呈現所傳達的諷刺。

　　接下去我想借彼得布魯克在他的《空境》（Peter
Brook，*The Empty Space* 大陸學者譯為《空的空間》）
一書中對劇場的看法來做一個比較性的說明。他將劇
場分為四種：

1. 「**陳腐劇場**」（the deadly theatre）——依樣畫葫
   蘆地模仿前人作品的東西，缺乏新意，乏藝術價值。
2. 「**神聖劇場**」（the holy theatre）——指戲劇要呈
   現生活表層下的那種俱有宗教般神聖的高貴品
   質，但也不宜太過文飾雕琢。他說「神聖劇場」
   是「將肉眼看不見的——轉變成——可見的」（"The
   theatre of the Invisible—Made—Visible." 42）。
   「我們可以努力去捕捉 [生活表層下]看不見的
   東西，但是必須不要與常識與真實生活脫節——
   並且，如果語言太刻意求工，將會失去觀賞者的
   部份相信。」（"We can try to capture the invisible but we
   must not lose touch with common-sense-if our language
   is too special we will lose part of the spectator's belief."
   61。）
3. 「**粗勁劇場**」（the rough theatre）——劇場要保持
   生命與生活中的某些有棱有角的元素（例如朱銘
   的「太極系列」所呈現的木頭本質和藝術家的斧
   鑿力度），否則作品便會貧弱無力。

4. 「**無間劇場**」（the immediate theatre）──「演出的形式和內容要與觀眾有緊密、立即的關係」。

換句話說：一個成功的戲劇作品在追求超越時間、地域的共同人性、玄思、靈魂時，必須同時呈現真實生活的素質與人間相──也就是創作中含有觀賞者「可以認識的生活真實」。根據上面的討論，我們應該可以對模仿和創作在戲劇藝術中的層次做成如下的結論：

1. **見山是山（形似的模仿）：**
   模仿常見的形式、形態、或前人的創作，缺乏新鮮感，不易引發觀賞者高度的興趣和聯想。如上述的「**陳腐劇場**」。

2. **見山不是山（神似的的創作）：**
   創作者太過追求個人的心靈意象而忘記外在的形，可能只有極少數的「知音」，一般的觀賞者則無從體會，無法進入創作者的心靈境界。這時，對大眾說作者企圖的「多義」就會成為「無意義」。一般大眾都喜歡喜劇，正因為喜劇呈現的多是常人、常事，有大家可以辨識的形，自然容易被大家接受。西方歷代有人提出：戲劇必須首先要有娛樂功能（amusement），然後才能談教育或教化（instruction），也是這個道理。沒有娛樂性的戲很少有人會有興趣去看它，無論戲中有多好的道理、

意念、玄思、美，也就失去傳達的對象了。

3. 見山還是山（形神兼俱的創作）：

形神兼俱的戲劇俱有豐富的創造性、啓發性、超時空性、與多義性。一切不再是生活的原貌，但是又都含有生活和生命的「真」，能讓人看得明白、感到「真實」。換句話說，因為作品不與生活脫節，方能與觀賞者產生共鳴，應該即是布魯克所說的兼俱「無間劇場」、「粗勁劇場」、「神聖劇場」的戲劇，這才是劇場藝術中的上乘之作。

我們還可以說：即使幾個戲劇家依同一素材去模創，他們也會因個人的文化素養、所處時代與環境的不同等等，產生不同的觀察角度、體驗、呈現、與詮釋。例如《白蛇傳》的結局：傳統戲曲用白素貞的兒子中了狀元，請旨回來祭塔，請塔神放出母親；田漢則可能為「呼應」（或受困於）共產主義平民革命的政治意識，讓小青修煉成功，率領「眾仙」（不再是「眾妖」）回來打敗塔神救出白娘娘；顧一樵的《白娘娘》用法海勸世式的悲歡作結；曹路生在改編時進一步以母子的愛做中心，最後以小兒的幾聲「媽媽‧‧‧媽媽‧‧‧‧」震倒雷峰塔，使母子團圓。

幾個與創作／模仿有關問題

　　最後，我想提出幾個與模仿有關的課題，供大家共同思考。

1. 劇場能否像祭典？

　　我們在這一節開始時曾經說：祭典儀式可能是戲劇源頭。祭典儀式的特點之一是參與者的虔誠，大家打成一片。有的現代戲劇家想在劇場中製造這種精神。我的問題是：可能嗎？我的答案是：不太可能！理由很簡單：劇場中觀眾的心態是「旁觀者」，祭典中的信徒是「參與者」。一位著名的戲劇評論家說：絕大多數的觀眾希望能安全地觀賞演出，不要受到演員的任何「威脅」。觀眾也不願意真的進入戲中。例如在一次現代版的《哈姆雷特》（*Hamlet*）演出中，演員請一位觀眾上臺，然後將一把手槍交給他，請他「打死」哈的叔父。那位觀眾無從反應：因為如果手槍裏真的有子彈，他萬一打死人怎麼辦？如果沒有子彈，他可能會被其他觀眾譏笑（Walter Kerr）。另外像《小鎮》（Thornton Wilder, *Our Town*）中的處理：在觀眾席內「埋伏」演員與臺上人物對話。那也不能真正將臺上台下打成一片，達到祭典儀式中的那種全體參與者融成一體的的境界。

　　劇場不可能像儀式。戲劇和藝術的欣賞最好能保持所謂「美感距離」（aesthetic distance）。不過，我認

為**劇場工作者必須有參與祭典的虔誠去從事他們的創作。**

2. 物以稀為貴的群眾心理

或許因為大家都有「物以稀為貴」的共同心理，越稀有的東西越受到珍惜。所以，即使達到「亂真」程度的科技複製名畫，因為可以大量生產，並不「稀奇」，只是商品，不會被當做藝術。一幅優良的人工複製（臨摹）的假畫就會遠較用科技方法產生的複製品受人喜愛，因為模仿者要達到「亂真」的程度也不是一件容易的事，並且無法大量生產。

古董的價值常勝於新品，也是這個道理吧。例如有人說張大千後期的石濤、八大的「仿作」（實際上張大千只是仿真前人的筆法、章法），已經是青出於藍而勝於藍的「創作」了，但是一般收藏者卻愛認為那是石濤、八大的原作。（附志：「青出於藍」可以說是從模仿走向創作了。但是當張還活著時，他的仿作還可能會陸續產生，而八大、石濤已經去世，只有那麼多遺作了，便會較為「稀有可貴」。）

我還看過這樣的一則報導：在歐洲有一位畫家模仿一位已死畫家的風格和簽名，「做舊」自己的畫，說是他「發現」的舊畫。幾年下來那位畫家自己的技藝也進步了，評論家也越來越讚美那些作品，收藏家也越來越珍惜。可是後來那位畫家因為仿製鈔票被捉，不

得已供出自己的仿冒經過，於是評論家便大加攻擊，說他怎麼會有那種才能。最後他在法庭上當眾證明，一些評論家便對他的畫作批評得一文不值，收藏家也不再重視他的作品了。

這兩個例子說明：藝術的價值和欣賞，有時會因時、因人、因境而異。

3. 影響、重寫與創意

有學者曾將世界古今敍述性的作品（包括小說、戲劇、傳奇、逸事……等等）做過歸納和比較，發現故事或情節的基本模式總共約只有 100 種左右。也即是說：千古文章一大抄，很多精彩的故事從古到今曾經不同文人墨客重復採用，例如我們時常聽人說：某某人的作品受了某某人的影響。唐明皇與楊貴妃、孔雀東南飛和白蛇傳的愛情故事，都曾一再被重寫過，西方許多作家不斷從相同的神話中取材。在某種意義上說他們都有「抄」的成份。最為眾所周知的莎士比亞的戲劇，幾乎也全是取材於別人寫過的素材，有的在他以前還有過劇本。不少人寫過紀念父親的文章，但是有多少像朱自清的〈背影〉那樣被大家讚賞？。我們能說這些都不是「創作」嗎？這該怎麼解說呢？

我們在開始時說過：在模仿或創作的過程中，藝術家要通過一個難關——形／神的「**轉換**」或「**重現**」，如懷素、張旭等兩人把公孫大娘舞劍的神韻轉換成寫

字的神韻。劇作家必須知道如何把立體的人、事、物、或抽象的意念，轉換成平面的文字，劇場工作者要懂得怎樣用演員、佈景、燈光、服裝等劇場元素把劇作家的文字意象再轉換成一個立體的世界。

我們在開始時也曾說過：沒有優美的文字無法呈現動人或感人的內容；沒有動人或感人的內容，優美的文字是不耐久看的脂粉皮相。如果將故事素材比做「石」，石質的好壞當然會影響完成的藝術品；但是決定藝術品價值的最重要因素應該是藝術家「轉換」的才華與功力。換句話說：能否點石成金才是最終關鍵。模仿與創作有時候並不是黑白分明、有非常明確的界線。不過，時間常常會做出最後的判斷。

以上我所舉的例子和我對它們的解讀，也只是見仁見智。但是，仍希望所舉的關於模仿/創作的思辨方法，能夠幫助大家從自己讀過、看過的戲劇作品中去尋找例子，來歸納出自己的欣賞邏輯與法則。

——本文原題為〈戲劇：模仿與創作〉，刊於《美育》第 121 期（2001），2008 年增補修訂——

主要引述和參考資料：

Barnet, Sylvan and Others. Ed. *Aspects of the Drama.* Boston, Toronto: Little, Brown and Company, 1962.

Brockett, Oscar G. and Robert Findlay. *Century of Innovation.* Second Edition. Boston: Allyn and Bacon, 1973.

Brook, Peter. *The Empty Space.* New York: Atheneum, 1982。

Carlson, Marvin, *Performance: a critical introduction.* London and New York: Routledge, 1996.

Esslin, Martin. *The Theatre of the Absurd.* Third Edition. Penguin Books, 1980.

Gassner, John and Ralph G. Allen. Ed. *Theatre and Drama in the Making.* Boston: Houghton Mifflin Co. 1964.

Gilbert-Lecomte, Roger. *The Odyssey of Ulysses the Palmiped*, Michael Benedikt 英譯

Goldberg, RoseLee. *Performance Art: From Futurism to the Present.* Yugoslavia: Thamas and Hodson, 1990.

Gorelik, Mordecai. *New Theatres for Old.* New York: Samuel French, 1940.

Kerr, Walter. *Walter Kerr's Guide to the Theatre.* New

York: New York Times Co., 1971. 共六卷談劇場藝術的錄音資料。

Kirby, Michael. *Futurist Performance.* New York: E. P. Dutton & Co., 1971.

Pavis, Patrice. "The Classical Heritage of Modern Drama: The Case of Postmodern Theatre," English Translation by Loren Kruger, *Modern Drama*, xxix, 1, March 1986.

中西悲劇探幽
──淨化？補償？

　　遠在 1970 以前當我從亞里斯多德的《詩學》
(Aristotle, *Poetics*) 和一些戲劇理論中得知悲劇是什
麼的時候，我有點頗不願意地讚同許多人堅持的看
法，那就是：在中國傳統戲劇中從未產生「悲劇」
(tragedy)。「頗不願意」部分是因為一種愛國情緒吧。
後來當我對戲劇知道得較多的時候，覺得「中國有沒
有悲劇」的問題很難簡單地用「有」或是「沒有」就
能回答。許多中西理論家和學者似乎不是過分重視西
方悲劇理論而不是悲劇本身、就是在分析中國戲劇時
過分簡化事實。舉個例子來說吧：莫勒（Herbert J.
Muller）在他厚厚的巨著《悲劇精神》（*The Spirit of
Tragedy*）中只用了一頁的篇幅來解釋中國為什麼沒有
悲劇。他認為「中國人在他們的民族和個人生活中體
驗了悲劇。」但是「中國人從來沒有思考過最初和最
後的問題」，並且對死亡的看法「一直是惡名昭彰地
（notoriously）冷靜。」（283）就算是吧。可是又有
多少西方的悲劇是在處理這些極端性的問題、或產生
於對這些問題思考的結果？有多少個西方戲劇中的悲
劇英雄曾深思過他們個人的死亡問題和死亡本身的意

義？深思過中國人說的「死有重如泰山、輕如鴻毛」？
莫勒又說：孔子對一個人的家族和國家責任的重視，
是使中國傳統戲劇中未能產生悲劇的主因之一。
（283-84）就這一點來說，他似乎未注意到希臘古典
悲劇《安娣岡妮》（*Antigone*）正是產生於家、國之間
不同道德責任的衝突或堅持。不錯，儒家的理想是在
求取個人、家庭、社會的和諧。這只是理想而非全部
事實。我想莫勒只注意到孔子的學說而忽視兩個相關
的事實：(1) 極少、或是沒有人能達完美之境（孔子
自己說他也做不到）；(2) 可是中國也有一些意志堅強
的人，他們一生為求達到一個目的而奮鬥、並因而受
盡苦難，如竇娥、岳飛、文天祥，他們的堅毅精神和
決心不會亞於 Antigone, Oretes, Odysseus, Oedipus 等
西方悲劇英雄吧！

接下去我想就戲劇理論和一些被視為西方悲劇代
表的作品，從不同的角度再來看看中、西傳統戲劇的
本質。討論將不包括受西方戲劇影響的現代中國戲劇。

I. 理論的回顧

在悲劇的論述中，雖然有人曾指出亞里斯多德
（Aristotle 384-322B.C.）《詩學》（*Poetics*）中的一些
缺點和自相抵觸的地方，但它一直被認為是最重要、
最具影響力的評論西方古典戲劇的著作，所以我想就

從它開始。《詩學》認為構成悲劇的因素有六：情節
(plot)、品格（character）、文辭（diction）、思想（thought
或 intellect）、舞台景觀（spectacle）、歌曲（song）。
由於景觀和歌唱兩項屬於演出時的舞台藝術、文辭也
不是決定一個戲是否為悲劇的必要因素，不擬包括在
本文討論範圍之內。下面將先以情節為主、人物品格、
思想為輔，來看看西方悲劇的面貌。亞里斯多德說：

> 首先，悲劇呈現的命運改變決不可以是一個有德之
> 士的由盛而衰，因為這不但不會引發我們的憐憫與
> 恐懼，並且只會使人感到驚嚇。它也不可以是一個
> 壞人的由衰而盛，因為沒有任何事情比這個更有悖
> 悲劇精神了；它沒有一點點悲劇的特質，非但缺乏
> 道德感也不會引起憐憫與恐懼。也不能是展示一個
> 十足無賴的沒落。這樣的情節固然可以滿足道德
> 感，但不會令人感到憐憫或恐懼。因為引發憐憫的
> 是不該有的不幸（unmerited misfortune），恐懼來
> 自一個跟我們一樣的人的不幸。所以，這樣的一個
> 事件暨不會叫人感到可憐、也不可怕。除此以外，
> 就是介於這兩個極端之間的人物——就是一個不是
> 十全十美的人。他的不幸並不是由於罪惡或是墮
> 落，而是由於某種錯誤或過失。他必須是一個聲譽
> 卓著的偉人，一個像伊底帕斯（Oedipus）、塞埃斯
> 提茲（Thyestes）或是出自這樣名門的偉人。（第13

章）（本文中引自《詩學》的譯文，是我以前譯的，在用字上和《話白《詩學》與辯解》這本書中的譯法稍有出入。）

這些說法曾經後世許多理論家和學者重述、修補。例如黑格爾（Friedrich Hegel）特別重視兩個正面價值間的倫理或道德觀的衝突（437）（應該源自對《安娣岡妮》[Antigone]的研究吧？）。梅爾思（Henry A. Myers）特別指出：悲劇英雄是命定去追循所謂的「不妥協的精神」、「不妥協的意志」、「不屈不撓的目的」。（135-36）謝勒（Max Scheler）說：悲劇英雄是一個「無罪的罪人」（guiltless guilt），因為是「罪來犯他、不是他去犯罪」。（17）借波阿斯（George Boas）評《安娣岡妮》和《推銷員之死》（Death of a Salesman）兩劇的主角的話來說：安娣岡妮有「自由去選擇」（去埋葬她的哥哥或是聽從她舅舅的話不去埋葬他），但是她「沒有選擇不犯罪的自由」，因為不管怎樣選，她都是有罪（選前者便犯了不守國法或欺君之罪，選後者則違背天理、倫常）。威立羅門的情形也是如此。不管他要從事推銷或拒絕推銷，結局都會是失敗。（124-25，129-31）換言之，一個悲劇英雄必須認定他的「生的使命」、貫徹始終去把這個使命「轉為行動」。

其他像弗格森（Francis Fergusson）、富萊（Northrop Frye）、霍桑（Richmond Hathorn）、甚至小說家喬伊斯（James Joyce）等人，都特別對悲劇中的憐憫和恐懼

有所發揮。

西方歷代的悲劇理論的確遠比中國豐富。我們從唐代以降，戲劇理論幾乎全是關於文辭、音律方面的討論，直到清代的李漁（1611-1679）才注意到情節經營。關於悲劇人物的社會地位和命運變化，好像沒有人討論過；這或許是因為中國人相信「英雄不論出身低」吧。不過，沒有理論不代表就沒有劇作。所以，讓我們試從劇劇作品的本身來看看吧。

II‧從劇作中看實質

學者們認為中國傳統戲劇中沒有悲劇的最主要、也是最容易明白的理由是：中國戲劇中最後都有補償（compensation）。「有補償就有公正（或正義），就沒有悲劇了。」（Steiner, 4。不過他也承認 *Eumenides* 和 *Oedipus at Colonus* 中也有點「神的慈悲」。7） 例如竇娥三願的應驗就是補償、就是正義的伸張。所以，《竇娥冤》就不能視為悲劇。不錯，三願的應驗是一種補償。但是補償會那麼違背悲劇精神嗎？什麼是補償？西方的悲劇中真的沒有補償嗎？

從通俗的推理來說，觀眾看到竇娥三願的應驗是正義的伸張；正義的伸張可安撫他們心中的憤怒與不平。它跟亞里斯多德說的「淨化」（catharsis 或 katharsis，常見的英譯有 purgation 和 purification）不是具有類似的功能或效果嗎？

　　很多中、西學者曾對「淨化」做過非常「學術性」的解說。參照揚斯波（Karl Jaspers）的說法：「對悲劇的真正明瞭不只是對受難與死亡、動變與毀滅的凝思。人必須行動才能將此種種變成悲劇。」在這個無法逃避毀滅的行動中，悲劇英雄找到了贖罪和獲救，「由於他看清了悲劇過程的本質而得到心靈的淨化。」（44, 49）簡單地說：「淨化」就是得到「贖罪和獲救」。王士儀在他的〈日常生活中的贖罪（katharsis）原義：論悲劇的贖罪主義〉（見《論亞理斯多德〈創作學〉》第十一章）中說得更明白。大意是：當悲劇英雄犯了罪，接著「良心」發現，於是設法贖罪；就好像在日常生活裏一個人做過錯事、犯了罪以後，感到良心不安便到教堂、寺廟中去求神或做功德，祈求重獲內心的安寧。他並以 Iphigenia in Tauris 一劇中的多次如何「淨洗」的情形為例，加以印證。我自己以前也曾心血來潮將《奧瑞斯提亞》（Oresteia 英文版）翻了一遍，在這個三部曲的最後一部中發現表示「洗淨」的字出現了十多次（其中以 purge, purging 最多，有時用類似意義的 wash, cleanse, clear 等字），來描述劇中人物犯罪後因為感到恐懼而尋求如何「補過」或「救贖」。因之，我覺得歷來的許多博學之士認為在《詩學》中沒有解釋 katharsis，便拼命在亞里斯多德的其他著作（尤其是醫學）中去尋找答案。似乎有點聰明反被聰明誤。戲中就有的東西亞里斯多德還需要特別去解釋

嗎？

　　但是，我們必須進一步追尋「在西方悲劇中，英雄**『如何淨化恐懼』**的答案」，才能真正了解「淨化」與「贖罪」的本質。

　　先從《伊底帕斯王》(*Oedipus the King*) 開始吧。它似乎是最切合亞里斯多德悲劇標準的作品（或許他的悲劇標準就是根據這個戲推演出來的）。伊是一個勤政愛民的好國王，在戲開始時他追求先王 Laius 被殺的真相是為了替他國家和人民「淨化」橫行國內的瘟疫，後來當他證實自己就是元兇時，他放逐自己，開始流派，為自己弒父娶母的罪孽尋求良心上的解脫或「贖罪」。也可以說伊底帕斯王先是為人民淨化瘟疫的災難，在這個淨化過程中發現他自己才是真正「必須淨化的罪人」，於是從他自我放逐開始，戲進入另一層次的淨化。這層淨化要在接下去的《伊底帕斯在科羅納斯》(*Oedipus at Colonus*) 中完成。就是當預言說「他的埋骨之處將會興盛繁榮」時，才「淨化」了他在別人心目中的「罪人」形象，使得他在晚年時到處受到歡迎。這種眾人的寬恕、讚美應該也是幫助他完成自我淨化的力量。

　　在優里庇底斯的《嚇波里特斯》(Euripides's *Hippolytus*) 中，這位王子因為冒犯了愛神 Aphrodite 而受到她的懲罰——使他的後母 Phaedra 愛上他，結果母子兩人都死於非命。最後貞操之神 Artemis 出來說：

他們神不能彼此干涉，但是她可以給 Hippolytus 另種
恩惠。她說：

> 可悲的嚇波里特斯，
> 為了補償你生命中的不幸
> 我要賜你特洛森城最大的榮耀：
> 未婚少女們會在結婚的前夕
> 為你剪髮。在未來悠長的
> 歲月中人們會為你流淚。
> 當少女們歌唱時就會想到你，
> 你的名字將永存她們的記憶…
> （譯自 David Grene 英譯版）

這不是補償是什麼？古希臘悲劇中有補償的不只這幾
個戲。艾斯克拉斯的《普洛米休士自由了》（Aeschylus'
Prometheus Unbound）雖已失傳，戲名的本身足可說
明它結局的性質。在上面提過的唯一完整的三部曲
（trilogy）《奧瑞斯提亞》中，最後達成的和解不也是
一種贖罪或補償嗎？

如果我們再進一步來思考這些悲劇英雄們的「淨
化」過程，會發現神的因素遠超過人的力量。在《奧
瑞斯提亞》中，主角最初的殺母和最後的被判無罪，
全是神的安排。在《嚇波里特斯》中，母子兩人都是
被愛神玩弄的凡人。《伊底帕斯王》更是多重的「神愛

作弄凡人」的表現——如果最初沒有「弒父娶母」的神諭，他就不會被丟棄；如果同樣的神諭沒有出現第二次，他不會逃離 Corinth 而在途中誤殺生父。悲劇不是就不會發生嗎？還有，這些「英雄」們的「淨化」過程好像就是「逃」，然後在窮途末路時神突然出現賜予「恩惠」。我們甚至看不到像莎士比亞筆下馬克白夫人的「洗手」過程——就是馬克白夫人在謀殺了國王後「看到」自己兩手是血**（良心的覺醒）**，於是拼命去洗手**（企圖淨化）**——。我不知道這種突然出現的「神恩」在本質上是「淨化」還是「補償」？或者是一種「神從天降」（*deus ex machina*，一種亞里斯多德認為很不好的戲劇因素）的「恩惠」？

　　就另一個層次說：即使像《伊底帕斯王》等劇不是三部曲的一部分，但因為觀眾知道它不是整個故事，他們一定會「自行補遺」而完成心理上的「補償要求」，我想那是人類從兒童時期開始就需要的一種感情。非但古希臘詩人要求償還從天國偷火給人類的普洛米休士自由，十九世紀的英國著名詩人雪萊也表達過同樣的願望。

　　有時候我們會有意識或無意識地把一齣戲本身情節外的相關故事聯想在一起。例如伊底帕斯的傳說應該是當時的希臘觀眾所熟悉的，所以當古希臘人在觀賞《伊底帕斯王》單獨演出完畢時，應該不會把它視

為整個故事的結局；就好像中國傳統觀眾看《白蛇傳》時，即使沒有演出〈狀元祭塔〉一折，也多不會把法海將白素貞關入雷峰塔做為整個故事的終結。他們很可能會自行「補足」故事，完成「補償」的心理要求。

就固執或執著於自己的信仰或道德信條來說，《竇娥冤》中的竇娥為她婆婆所做的自我犧牲、應可與安娣岡妮為她哥哥的犧牲相比。當然，竇娥死前三願的應驗很可能會減弱我們對她的同情，但是最後歌隊對安娣岡妮的同情和安慰，不是也會產生同樣的效果嗎？

在中國的古典戲劇和小說中，像《白蛇傳》那樣有圓滿或團圓結局的作品似乎要比西方文學中多，但是從上述的情形看，古希臘人的心理似乎和中國人的心理差不多，至少有許多人不願讓他們尊敬的英雄永遠受難而沒有任何的補償。圓滿愉快的結局是很多觀眾的期待。這一點甚至在《詩學》中都可以找到見證。亞里斯多德說：

> 我認為是第二等的悲劇有人認為是第一等。例如
> 《奧德賽》（Odyssey）有一個雙線發展的情節，對
> 於善、惡也有不同的結局。有人認為它是最好的
> 悲劇，那是因為這些觀賞者的柔弱；詩人迎合了
> 觀眾的願望。這種喜悅不是真正的悲劇喜悅（true

tragic pleasure）．這種喜悅較適於喜劇…在戲結束時兩個[仇人]像是朋友般離開，沒有人殺人或是被殺。（第十三章）

我想當時這樣「柔弱」的觀眾和評論家一定不少，才會引起亞里斯多德的注意。或許，這種柔弱的感情也是欣賞悲劇時需要的。像莎士比亞的《李爾王》（Shakespeare's *King Lear*），戲中受難最大的不是李爾，而是小女兒柯迪麗亞。我認為李爾的倒下和苦難可以說是這個老糊塗的自作自受、罪有應得，並不值得引發太多的恐懼、同情與憐憫。可是無辜的、孝敬的柯迪麗亞為什麼要那樣慘死？難怪這個結局在十七世紀末到十九世紀初被人改成柯迪麗亞沒有死的結局，演了一百五十多年。這應該是談悲劇補償時非常值得注意的一個事實。

再以《羅密歐與朱麗葉》和《孔雀東南飛》兩個愛情戲為例。中國人傳統的行為規範是「中庸之道」、凡事不能走極端（其實希臘傳統中的 Golden mean 也是這個意思），即使在感情方面也一樣。只是中國人不習慣在大眾面前表現個人的強烈愛情。中國的愛情悲劇常強調生離死別的悲哀，例如《梧桐雨》、《漢宮秋》、《孔雀東南飛》、《梁山伯與祝英台》等等。曾有學者為文比較梁祝與羅密歐與朱麗葉的故事（從喜劇性的喜悅轉向離別、等待、死亡、和死後的結合）。我覺得

《羅》劇也可與《孔雀東南飛》的情形比一下：這兩
對年青戀人也都是因為他們家庭的因素不能「生聚」、
只能「死合」。最大的不同是這對東方戀人只是默默地
承受；他們深深相愛，但是除了最後的殉情外，全劇
中並沒有轟轟烈烈的愛情場面。這種呈現的方式在《梧
桐雨》、《漢宮秋》中也是差不多。莎士比亞的羅密歐
與朱麗葉的「激情」似是中國傳統戲曲中沒有的。但
是這些中國戀人所受的痛苦和忍受苦難的意志與力
量，當不在上述的這些西方悲劇之下。（老實說羅密歐
並不是一個愛情很專一的人。參閱拙作〈《羅密歐與朱麗葉》
中的喜劇藝術〉。）

即使就西方主張「有補償就沒有悲劇」的學者觀點
來看，中國戲曲中也不是沒有。如《霸王別姬》就具
有十足的悲劇精神。在這個戲中，楚霸王和虞姬彼此
都表達出相互的真愛，甚至霸王跟他的戰馬之間也有
深情。戲中有離別的悲哀、自我犧牲，霸王對自己能
力的過於自信應該就是亞里斯多德所說的悲劇英雄的
致命傷「理性的自傲（hubris）」吧。並且，項羽和虞
姬在戲裡、戲外都沒有得到什麼補償。（要有，只是彼
此的愛和觀眾的同情。）

如果以上的看法可以成立，我們更不能說「中國沒
有悲劇」了。我懷疑亞里斯多德和許多學者專家在談

悲劇時是否太重視「悲劇應該如何」的理論、而疏忽「悲劇是什麼」的事實？所以，我認為主張「有補償就沒有悲劇」或「西方古典悲劇中沒有補償」的學者，都是受困於理論迷宮的結果。

最後，我想就「文以載道」的觀點來補充一點點我對淨化或補償的看法。

古代的文學作品多是在為社會中「既得利益」的上層階級或統治者服務，也即是說：希臘古典戲劇常有一種「傳道」的教育功能或目的：引導人民向善（也可以叫它為「愚民政策」或「社會安定素」）。要引導人民向善必須給予他們「改過自新」的機會，所以必須讓犯錯的人覺悟、迷途知返、改過、做好事贖罪、重獲心靈安寧。這樣才能完成戲劇的正面教育功能。如果在犯錯後沒有改過自新的機會，就只能繼續為非作歹，對這些「既得利益者」和「社會安定」將會非常的不利。基於同樣的理由，如果一個人做了「罪大惡極」的事情，不管他如何痛心懺悔，也不能給他這樣的機會。所以並不是每個犯錯的人物都可以「放下屠刀、立地成佛」。像馬克白夫人至死沒有辦法洗淨手上的鮮血。（這一點在《詩學》中好像沒有談到。）

其實，「淨化」或「贖罪」不是希臘悲劇的專屬特色，很多勸世的文學和戲劇作品中都有。但作家必須寫出能使我們同情的人物遭遇，我們才會對人物發生

憐憫。「文以載道」似乎是所有嚴肅作家的「心聲」之一，只是不同作家「載」有不同的「天道」、「人道」、或「生活／生命之道」。

結　語

維倫賽（Maurice Valency）在回顧西方戲劇發展時說：事件演變、道德、受難在所有悲劇中都有重要的地位，但是悲劇的概念會因時、因地而有不同的強調。（見"Tragedy and Comedy"一章）我非常同意他的觀點。悲劇精神是宇宙性的東西。如果中國人沒有悲劇意識，中國人怎麼能欣賞西方悲劇呢？孔子說：「君子之道，費而隱。夫婦之愚，可以與知焉；及其至也，雖聖人亦有所不知焉」（《中庸》）。我覺得悲劇精神也是如此：每個人多少都可以體驗一點，但是只有很少的人有能力去實踐這種精神。

為什麼中、西方都對悲哀結局的戲比較珍愛、比較讚賞，尤其是智識分子和理想主義的人更是如此呢？我想可能在人類心靈的某處有一個控制中心要我們永遠不要向苦難低頭。古人說「哀莫大於心死」，心死才是真正的悲哀。人的肉體一定會死，所以希望不死的人便只能祈求於精神、心靈、意志了。

中、西的悲劇英雄多具有「勞其筋骨、餓其體膚」

的堅忍。當我們看到這種精神時便會得到一種鼓舞、
與因之而來的喜悅　。悲劇像是不畏懼寒霜的菊花，
中、西的菊花因為「土壤」的不同自然會有一些差異，
但是不畏懼寒霜的本質和精神，應該的相同的。

　　　　　　　──本文原題為 "Is There Tragedy in
　　　　　　　Chinese Drama? : An Exprimental Look
　　　　　　　at an Old Problem"，發表於第三屆國
　　　　　　　際比較文學會議，收入《第三屆國際
　　　　　　　比較文學會議論文集》(*Tamkang
　　　　　　　Review* X, 1-2 (Autumn and Winter
　　　　　　　1979)。2008 年修增補訂版。

主要引述與參考資料：

Aristotle, *Rhetoric*, English translation by W. Rhys Roberts, in *The Basic Works of Aristotle*, ed. Richard McKeon. New York: Random House, 1941.

Aristotle, *The Poetics*, English translation by S. H. Butcher。New York: Hill and Wang, 1966.

Boas, George. "The Evolution of the tragic Hero," in *Tragedy: Vision and Form*, ed. Robert W. Corrigon. San Francisco: Chandler Publishing Company, 1965. (This collection of essays will be hereafter referred to as *TVF*.)

Fergusson, Francis. Introduction to *Aristotle's Poetics*. New York: Hill and Wang, 1966.

Fitts, Dudley and Fitzgerald, Robert, trans. *Antigone*, in *Greek Plays in Modern Translation. ,* ed. Dudley Fitts. New York: The Dial Press, 1955.

Frye, Northrop. *Anatomy of Criticism.* Princeton: Princeton University Press, 1973.

Gassner, John and Allen, Ralph G. ed. *Theatre and Drama in the Making*. Boston: Houghton Mifflin, 1964.

Grene, David, trans. *Hippolytus* in *Greek Plays in Modern Translation.*

Hathorn, Richmond Y. *Tragedy, Myth, and Mystery.*

Bloomington & London: Indiana University Press, 1966.

Hegel, Friedrich "The Philosophy of Fine Arts," in *TVF*.

Jaspsers, Karl. "Basic Characteristics of the Tragic," in *TVF*.

Kaufmann, Walter. *From Shakespeare to Existentialism.* Garden City, New York: Doubleday, 1960.

Muller, Herbert J. *The Spirit of Tragedy.* New York: Washington Square Press, 1965.

Myers, Henry A. "Heroes and the Way of Compromise," in *TVF*

Peacock, Ronald.   *The Poet in the Theatre.* New York: Hill and Wang, 1960.

Scheler, Max. "On the Tragic, " in *TVF*.

Steiner, George.   *The Death of Tragedy.* London: Faber and Faber, 1961 ; OUP, 1980.

Valency, Maurice *The Flower and the Castle: An Introduction to Modern Drama.* New York: The Universal Library, 1966.

卷尾閒話

戲「演」完了。
諸位有耐心的朋友們，
現在請你們來用
She Stoops to Conquer
「開場白」中的結語
來宣判
這兩個瘋言戲語的老頭子
是 "regular" 或 "quack" ？

——美序，2009 年 7 月 11 日於台北——

國家圖書館出版品預行編目

話白《詩學》與辯解 ＝Poetics：
approximation and argumentation / 黃美序著.
-- 一版. -- 臺北市 ： 秀威資訊科技,
2009.09
　面；　　公分. -- (美學藝術類 ；AH0029)
BOD 版
ISBN 978-986-221-287-5 (平裝)

1.亞里斯多德 (Aristotle, 384-322 B.C.)

2.學術思想　3.西洋文學

871.3　　　　　　　　　　　　98015522

美學藝術類　　AH0029

話白《詩學》與辯解

作　　者 / 黃美序
主　　編 / 蔡登山
發 行 人 / 宋政坤
執行編輯 / 黃姣潔
圖文排版 / 黃美序　黃莉珊
封面設計 / 蕭玉蘋
數位轉譯 / 徐真玉　沈裕閔
圖書銷售 / 林怡君
法律顧問 / 毛國樑　律師
出版印製 / 秀威資訊科技股份有限公司
　　　　　台北市內湖區瑞光路 583 巷 25 號 1 樓
　　　　　電話：02-2657-9211　　　傳真：02-2657-9106
　　　　　E-mail：service@showwe.com.tw
經 銷 商 / 紅螞蟻圖書有限公司
　　　　　台北市內湖區舊宗路二段 121 巷 28、32 號 4 樓
　　　　　電話：02-2795-3656　　　傳真：02-2795-4100
　　　　　http://www.e-redant.com

2009 年 9 月 BOD 一版
定價：400 元

讀　者　回　函　卡

感謝您購買本書，為提升服務品質，煩請填寫以下問卷，收到您的寶貴意見後，我們會仔細收藏記錄並回贈紀念品，謝謝！

1.您購買的書名：＿＿＿＿＿＿＿＿＿＿＿＿＿＿＿＿＿＿

2.您從何得知本書的消息？

　　□網路書店　　□部落格　　□資料庫搜尋　　□書訊　　□電子報　　□書店

　　□平面媒體　　□ 朋友推薦　□網站推薦　□其他＿＿＿＿＿＿

3.您對本書的評價：(請填代號　1.非常滿意 2.滿意 3.尚可 4.再改進)

　　封面設計＿＿＿　版面編排＿＿＿　內容＿＿＿　文/譯筆＿＿＿　價格＿＿＿

4.讀完書後您覺得：

　　□很有收獲　　□有收獲　□收獲不多　□沒收獲

5.您會推薦本書給朋友嗎？

　　□會　□不會，為什麼？＿＿＿＿＿＿＿＿＿＿＿＿＿＿＿＿＿＿＿＿＿

6.其他寶貴的意見：＿＿＿＿＿＿＿＿＿＿＿＿＿＿＿＿＿＿＿＿＿

＿＿＿＿＿＿＿＿＿＿＿＿＿＿＿＿＿＿＿＿＿＿＿＿＿＿＿＿＿

＿＿＿＿＿＿＿＿＿＿＿＿＿＿＿＿＿＿＿＿＿＿＿＿＿＿＿＿＿

＿＿＿＿＿＿＿＿＿＿＿＿＿＿＿＿＿＿＿＿＿＿＿＿＿＿＿＿＿

讀者基本資料

姓名：＿＿＿＿＿＿＿＿＿＿＿　年齡：＿＿＿＿　性別：□女 □男

聯絡電話：＿＿＿＿＿＿＿＿＿　E-mail：＿＿＿＿＿＿＿＿＿＿＿

地址：＿＿＿＿＿＿＿＿＿＿＿＿＿＿＿＿＿＿＿＿＿＿＿＿＿

學歷：□高中(含)以下　　□高中　　□專科學校　　□大學

　　　□研究所(含)以上 □其他＿＿＿＿＿＿＿＿

職業：□製造業 □金融業 □資訊業 □軍警 □傳播業 □自由業

　　　□服務業 □公務員 □教職　 □學生 □其他＿＿＿＿＿＿

秀威與 BOD

BOD（Books On Demand）是數位出版的大趨勢，秀威資訊率先運用 POD 數位印刷設備來生產書籍，並提供作者全程數位出版服務，致使書籍產銷零庫存，知識傳承不絕版，目前已開闢以下書系：

一、BOD 學術著作—專業論述的閱讀延伸
二、BOD 個人著作—分享生命的心路歷程
三、BOD 旅遊著作—個人深度旅遊文學創作
四、BOD 大陸學者—大陸專業學者學術出版
五、POD 獨家經銷—數位產製的代發行書籍

BOD 秀威網路書店：www.showwe.com.tw
政府出版品網路書店：www.govbooks.com.tw

永不絕版的故事·自己寫·永不休止的音符·自己唱